用自己的头站起来

王贤根 著

WANGXIANGEN WORK

高长梅 王培静 ◎ 主编

与文学名家对话·中国当代获奖作家作品联展

花山文艺出版社

图书在版编目(CIP)数据

用自己的头站起来 / 王贤根著. – 石家庄 : 花山文艺出
版社, 2013.7(2021.6 重印)

（与文学名家对话:中国当代获奖作家作品联展 / 高长
梅, 王培静主编）

ISBN 978–7–5511–1282–6

Ⅰ.①用…　Ⅱ.①王…　Ⅲ.①散文集 – 中国 – 当代
Ⅳ.①I267

中国版本图书馆 CIP 数据核字(2013)第 153914 号

丛 书 名：与文学名家对话:中国当代获奖作家作品联展
主　　编：高长梅　王培静
书　　名：**用自己的头站起来**
作　　者：王贤根

策　　划：张采鑫
责任编辑：董　舸
责任校对：齐　欣
特约编辑：李文生
全案设计：北京九洲鼎图书有限公司
出版发行：花山文艺出版社(邮政编码:050061)
　　　　　（河北省石家庄市友谊北大街 330 号）
销售热线：0311-88643221
传　　真：0311-88643234
印　　刷：永清县晔盛亚胶印有限公司
经　　销：新华书店
开　　本：710×1000　1/16
字　　数：155 千字
印　　张：11.5
版　　次：2013 年 8 月第 1 版
　　　　　2021 年 6 月第 2 次印刷
书　　号：ISBN 978–7–5511–1282–6
定　　价：39.90 元

C 目 录
ONTENTS

C目 录
CONTENTS

第二辑
回想魏巍

C 目 录
CONTENTS

C目录
ONTENTS

第一辑

又是烟雨迷蒙时

|又是烟雨迷蒙时|

　　一场细细的春雨，把我的心淋回到了昔日江南烟雨迷蒙的故乡。

　　我记得那时春节刚过，阳光就暖烘起来，没几日，地皮转青，山脚路边的黄花、粉花就摇曳在春风中。我们用刚刚泛青的桐树皮卷号角，香椿皮做口哨，吹得山野活络络的，而会稽山仍沉沉地卧着，待几番春风春雨，才轻松活跃起来。桐花开了，可下潭游泳了，此时的水不伤身了。在弯弯的山溪中，潭渊一个连一个，小孩们赤膊钻潭，大人们抽闲也来嬉戏。我记得家父在深潭的水面上仰天直挺，能静躺个把时辰，他说有空可躺一日，我们羡慕不已。后来闻到毛泽东畅游长江，也会这动作，仰躺在长江上漂游。毛泽东是大人物，家父是一介草民。小时，我觉得家父是大人物，他能撑住天。

　　那时，会稽山脉的各条溪滩里，鱼很多，谁想吃，提个篓，到滩水里随意摸摸，一会儿功夫，就可回家下餐。清晨在滩边，常见爬行的鳖，孩时不懂，猛地去逮，被咬住，哭叫声全山村都能听到。大人教导，抓鳖的背盖或尾后两侧，它的头扭动着想咬，脖子再伸也无奈。有时，我们见深潭中翻滚着脸盆般大的鳖，像小孩翻筋斗，煞是惊喜，却无法逮到。

　　又是一个烟雨迷蒙的日子，滩边来了个穿蓑衣的汉子，估摸五十开外，我一眼就觉得他像家父那样习水性。他说他来打鳖，我们很好奇，赤脚跟后，他手中捏一把胡琴上的那种弦绳，绳头有镖，镖上有"倒锁"，似鱼钩，却比鱼钩大，这我懂，是扎住让它逃不脱。我们蹦跳着问这问那，打鳖人卖关子，不说。

天色蒙蒙，轻雾罩山。我们拥着他到溪滩那口最大的深潭旁，潭水清得发黑，雨脚落在水面上，像筛米花。我侧身打了个水漂，石片如三级跳远，飞到了潭中。潭很深，平时大人一猛子钻不到底，他们说下面有鬼，小孩不敢独来。

打鳖人凝神潭面，两手摸索着将镖装入蓑袋，踩着鹅卵石在水边走动，小憩，他说："有鳖！"我们亢奋，但不敢声张。

山雾弥漫下来，远山近岭都蒙上茫茫的青白。打鳖人边走边拍掌，五指骑缝，声音脆亮，圆润，有弹性，这空心掌仿佛掌掌拍在潭面上，又回荡在空谷烟雨中。

"拍掌咋哩？"我们心里疑问。

他连拍七八声，两眼像苍鹰瞄小鸡。我们听到他轻轻自语："有了！"

我们齐刷刷地望去：满潭雨脚，哪来鳖影？！

正在这时，我们听到"嗖"的一声，蓑衣人将镖打了出去，潭中翻起几圈水花，一声哗啦，又一声哗啦，大伙不禁雀跃："准啦！"水波扩张，一会儿折东，一会儿游西，渐渐向岸边靠来，我意识到打鳖人收线。须臾，一只脸盆般大小的鳖在浅水中翻动，十几双光脚在河滩上欢腾："就是我们这几年望到过的这只！"

鳖系在石柱上。打鳖人跟我们说笑，解答疑问："鳖最喜欢姑娘，它听到啪啪的声响，以为姑娘在潭边用木杵汰衣裳，就上来偷看，它不知道看了你们村多少漂亮姑娘呢！"

"鳖也喜欢姑娘？"我们嘻嘻哈哈吵闹着。

几十年过来了，我一直念着打鳖人的这则笑话。山里人大多机敏，在笑话后面，总隐喻着什么。我时有这样那样的感悟，但至今也说不清。

烟雨迷蒙的时节又要到了，我又想起我那心醉的江南故乡……

|怀　竹|

　　我家乡义乌的好大一片土地，是隐在会稽山脉南端的。我们那小小的村庄就隐没在重重叠叠蓊蓊郁郁的山涧中。

　　不知从哪个朝代始，这山涧称六都山坑，我们方言中的"山坑"，是"山涧""山沟"之意。六都山坑与邻近的五都山坑、八都山坑、九都山坑，形成几条终年流淌的清清溪流，五都山坑水流向金华江，入富春江进钱塘江，六都山坑与八都山坑、九都山坑之水汇入浦阳江进钱塘江，六都山坑水是浦阳江的两大源头之一。这几条山坑，都属于《读史方舆纪要》（清•顾祖禹）中称谓的越王山区，六都山坑险要峻峭，最为雄奇，坑口两侧的清潭山、龙祈山高超八、九百米，像两座巨大的门神护守着这绵亘几十里六都风景长廊。会稽山北，古时称山阴，山南称稽阳，义乌古时八胜中的"金峰麟集"、"清潭鹰啄"就坐落在六都山坑，素有"稽阳明珠"之美称。

　　我每次回乡，总是留恋于山水之间。不仅仅是空气比大城市清新，重要的是这里更易汲取大地之精华，使我神情灵动。我是山里佬的儿，回山里就像回归娘的胎盘，越来越接近我的本质。

　　我又一次向山里走去。六都山坑依旧是山坑，却常看常新。这两度向山里走去的目的地，是坑里山背下的高山盆地——里西岗，那里有千顷翠竹，如皱折密匝的森林，布满在盆地四周。这块高山盆地与邻近的雪顶盆地、九都山坑的大畈盆地，据说都是当年勾践卧薪尝胆时的屯兵之处。这两次，我没功夫去拜谒当年那位越王的驻扎地、后人建起的勾践寺和那座神秘的勾嵊山，这一带的越王山区是永远走不完、读不尽的。

高山盆地千顷翠竹中有棵古树，黑皮乌枝，一抱来粗，叶子深黛，与碧绿的竹叶相比，它厚重硕大多了。这树隐在层层翠竹中并不显眼，奇异的是这棵"千年古树"，空心怀竹，七根粗壮的毛竹在这空荡的树心中挺拔而出。我没有眼福亲见尖尖竹笋是怎样从树中破土而出又茁壮成长的，我钦佩的是虚心的竹子竟遇虚情若谷的千年古树，这应成为千年美谈。

　　我的乡亲说，这棵古树究竟有多大，谁也说不清。我想，它如果生长在树林中，如果高俊、挺拔、健壮，那早已成为栋梁之材而消失，可它偏偏夹杂在茫茫竹海中，又是那般的"不成器"，岁月的销蚀又使它仅存皮肉，失去内腹，这倒好，它成为自然界的弱者。弱者存，哀者胜。多少松竹良材在这大山中呼啦啦倒下，而这棵空心杂树却依然耸立，阅尽春色。

　　它太不起眼了。它却生存着。

　　也许受周围多少代竹君子的影响，也许真的要感激千层竹林的护拥，也许真的感觉到了内心需要脱胎换骨，于是乎，一年年的，它的心清静起来，虚空起来。静虚为自己，为他人。静虚是一种境界。于是乎，在它的静虚中有七根粗壮的毛竹相拥而起。至今仍是七根，像七炷高香，旺旺地燃烧着。

　　我在这棵古树前久久地默念着。

　　乡亲说，这是古树返老还童，盼子心切。它向观音求子，观音说："身在竹海何须求？！"

　　于是，古树抱竹为子，成为佳话。也有人称之为"胸有成竹"。有位林业专家说，这是"当今世上绝无仅有的奇观"。

　　我觉得家乡的这空树虚竹有意思，特记《怀竹》。我不巴望很多人去看它，倒巴望更多的人去想它。

回　乡

　　故乡很美。十多年前，我写了篇散文《故乡的苏溪亭》，登载在当时的《中国旅游报》上。

　　不久，收到一位读者来信，她叙述了读到我的小文时的激越心情。我的故乡是那么地令人神往，于是，她就组织了她们师范学校的一批老师，租了一台大轿车，跑了几百里路，到了我那个位于义乌北乡、会稽山南麓的小山村。她们目睹那巍巍青山、泱泱绿水，整个身心都被大自然的神工造化融合了。傍晚进村，古朴纯厚的民风让 她们觉得仿佛回到了自己的故乡，回到了母亲的怀抱。这一夜，她们就在我的那个小山村留宿，徐徐的山风，幽远的鸟鸣，陪她们进入甜美的梦乡……

　　我感到意外，又感到兴奋，我想不到这么点小文会引起读者的关注，会吸引读者踏上我的那个偏远的小山村。对大自然的热爱与向往，对美的崇尚与追求，正是人的心灵活跃和崇高的一种佐证。

　　在我国东部，我登过秀丽的庐山、巍峨的泰山，西部越过神奇的天山，中部进过苍茫的神农架。我觉得最让人流连忘返的是人们极少涉足或根本就无人涉足的地域，那种天然的铺展，那种原始的纯净，那种坦荡磅礴的气势，那种超越人类的意境，真让我着迷。

　　继而我又想起我的故乡，我希望我的故乡能永久地保持那种自然的风态，那种深远的静谧。于是，我暗暗作出决定，不再写我的故乡，让我美丽的故乡永远留在心里，永远留给人类。

　　有一次，我到上海丈母娘家，又情不自禁地说起我故乡的那山、那水。老丈人、丈母娘听得入了神，他们要跟我走，跟着我的感觉踏上了我回乡的返途。

离开繁华喧嚣的都市，走出鳞次栉比的楼群，奔向广袤无垠的原野，进入青翠欲滴的山乡，老人仿佛回到了天真无邪的童年，脸上洋溢着欢悦。

我家有旧房、新屋，且都有楼阁，几百平方米的木架结构住宅。如果把这楼上楼下木架结构的房间置于大城市，稍加装饰修缮，那可是富贵之家。在农村，则无所谓。我们家乡的风俗，祖祖辈辈日出而作，日落而息，把一点家底都化在这房屋上了。我的父母加之我的老祖母辛劳一辈子，为我们下代置新房，想的就是为了我们长大能成家立业。在他们想象中，我们这四兄弟住上他们为我们营造的新房安居乐业、传宗接代，然后再由我们营造新房，为我们的下代开出一片绿荫。可是形势变化很快，如今子女们天南海北，有的从戎，有的经商，有的在铁路上，有的在政府机关。日夜守候在他们身边的只有我的二弟和弟媳，老人对此并不介意，反倒乐而为之，说起来还有几分欣慰。我的丈人、丈母娘见到我96岁的老祖母和我的父母时，乐得面孔像簇花。

清晨起来，鸟儿早在房前屋后的树梢上叽叽喳喳，天色迷人，散发着浓郁的田园气息。水牛在沟边有滋有味地啃草，刚刚从窝中走出的鸡，扑打卷缩一夜的翅膀，向后伸展两下它那绒绒羽毛下黄澄澄的腿，直溜溜地冲向大路。小狗高扬着骄傲的尾巴蛮横地闯向鸡群，咯咯咯飞溅起一片叫声。我知道，这是小狗的把戏。鸡群惶恐一阵，又恢复平静，悠闲地寻找食物。农夫扛着锄把下地，田畴、山岭上不时传送着清亮的吆喝声。

太阳像一轮刚出炉的铁饼印在蒙蒙的天际，山色深黛，连绵起伏。屋后的半山中传来浑厚清脆的伐木声，回荡在灵山空谷间。

层层的稻田白蒙蒙的，尖尖的稻叶上缀满晶莹透明的露珠。待太阳驱散雾层，万条金光射向大地，这茫茫的稻田上将闪烁着珠光宝气般的亮泽。

从大城市来到乡间的我的丈人、丈母娘及妻子、女儿，从来没有享受

到这份清雅纯厚的山村晨色，急急地叫拿照相机。的确，我们留下了珍贵的镜头，也留下了美好的记忆。

早饭后，我弟妹们主动作向导，引我们一行上山。这时，几个侄子像几只欢快的小鹿，早已跑到前面。山路弯弯，崎岖不平，小孩们如踩平地，可城里人如履薄冰，脚尖一踮一踮的，不时展开两臂以作平衡。路边山坡上，茂密的梨树、桃树上挂满果实，桃子已经红熟了，梨子、李子还是青青的。但人们已在采摘李子，说邻市罐头厂的车来家门口收购，开价也合适。

越过片片果林，就见苍莽的松林，漫向两边，漫向顶峰。山那边，是更深的谷，更高的峰，山林比这边还要稠浓、挺拔。

我们继续向上随意的攀缘，山没有路，林间灌木丛生。忽而飘来郁馨，我丈母娘先叫起来，边叫边尽情地呼吸，小孩们在林间喔喔地呼喊："山栀花！山栀花！""快采！快采！"

不一会儿，几束绿叶扶衬的山栀花像北京天安门广场中国少年向来访外国总统献花那般，被奉送到我丈人、丈母娘手中。我丈母娘喜上眉梢，啧啧称道："真香！喷香！"我老丈人一旁帮腔："像刚启开的绍兴老黄酒！"他的故乡在绍兴，对绍兴老酒情有独钟。这时，我的妻孩已经跟上我的那帮侄子们，她们定是去分享原野采撷的欢愉了。

山明水秀，赏心悦目。大家走走停停，说说笑笑，倏忽，几个小时就落在了山水间。下山时，老人们已微微出汗，小伙们还不过瘾。山下溪水淙淙，孩儿们像冲锋陷阵的战士，打起水仗，大人们索性脱鞋走在滚圆的河卵石上，水花在腿上哗哗作响。我丈母娘坐在溪中平稳的石头上，将起裤管，捧起清凉的溪水撩在大腿上，水沿着大腿、小腿汩汩下淌，像无数只细嫩的小手在抚摸，凉爽宜人，惬意至极。意想不到的是，在我家小住两日后去千岛湖的途中，我丈母娘惊奇地发现腿上原有的牛皮癣不知不觉中消失了红斑。她对我们说，定是那溪水洗好的。她遗憾没听亲家的话多住几日，明年再选佳期，到时，再去那条神奇的小溪，在那里泡个够……

我们夫妇是在北京工作，由于这样那样的原因，回故乡的机会相对较少，但故乡的那山那水，故乡的亲朋好友，却时时在我们心中显现。故乡是很美的，我希望我的故乡永远保持着她的淡泊宁静、淳厚祥和的社会风情，永远保持着她的蓬勃葱郁、苍劲挺拔的自然景色。

|悠然自得淘旧书|

到书摊淘旧书，真是件悠然自得、乐在其中的事。

在解放军艺术学院文学系就读时，我一时寻不到书看，就到旧书摊上逛逛，偶见1951年由茅盾主编、开明书店出版的《张天翼选集》《赵树理选集》，书中标价，前者12000元，后者6500元，相当于现在的人民币1.2元和0.65元，我用了两块钱就买下，乐滋滋地翻阅起来。

由于想读书又一时买不到，渐渐地，我常到各书摊上逛逛。有次我听说星期六和星期日京西永定路与复兴路岔口北侧有书摊，上午8点半到9点上摊。我想，星期六清早有好书，8点多一点我就骑自行车赶到那里，过一会儿，书商们骑着大板车吭哧吭哧过来了。他们在人行道的地砖上用编织袋一铺，将旧书码上。其实，没等他码好，就有五六个书迷瞄着眼凑过来。正在这时，我见一部八成新的《明容与堂刻水浒传》，讨价还价，8元买下，一套厚厚四大本。不一会儿，我又获得丰子恺译的人民文学出版社出版的《源氏物语》上、中、下三册，另还有几部书籍。当我沉甸甸地提着一大兜书往自行车上放置时，好像霎时得到许多宝贝。

为了淘书，后来我几乎每个星期六上午都要到那里去寻一遍。为不

让好书漏网，星期日再去一趟。北京的地摊书商一般是外地收旧货者，平时收旧，节假日聚集在一起设摊，一排几十个，像条长龙，淘书者男女老幼，摩肩接踵。为整治市容，有关部门常常来整治，书商们东躲西藏。整治勤了，书商不见了，我倒觉得缺了什么，就骑车在附近几条街上转悠。东方不亮西方亮，黑了南方有北方，书摊又在玉泉路上出现了，我像找到了许久不见的老朋友。

淘书成了我生活中不可或缺的重要组成部分。

为创作长篇报告文学《援越抗美实录》，我在北京大学研究生宿舍楼住了一个星期，用他们研究生的借书证在图书馆查阅书籍和有关报刊。我查阅了国防大学图书馆未能借出的不少书籍和资料。拙作出版，当时很快发行了30万册，随即《南方日报》全文连载四个半月余。后香港《文汇报》、新加坡《联合晚报》等十多家报刊连载选载。我创作另一部关于援越抗美题材的长篇报告文学《西线之战》时，想查核有关书籍，难以找到。一天，我到旧书摊上转悠，眼前忽然一亮，竟见到三联书店出版、内部发行的《关于美国防部侵越秘密报告材料汇编》和侵越美军司令斯特摩兰的《一个军人的报告》，心中那份喜悦真难用言语表达。

朋友们知道我写了几本书，自然想要看看，一般情况出版了就寄赠，也有忘了之时，有的千里之外不相识的人跑了几家书店又得不到时，通过出版社转信给我，这类情况，我大抵都寄赠一本。人家想看你的书，是件乐事，人与人间感情有份沟通，多好！但这也带来一个问题，原留有的书籍在盛情难却中空空如也。为难之时，在书摊上，我仿佛有感应般地淘回几本，虽有破损，但它是我丑卑的孩子，我把它领回家，用手巾轻轻擦去它脸上的灰尘和污垢，还其本来鲜活的面容，然后轻轻地一吻，书仿佛对我微笑。

买一点，淘一点，我的书房充实了许多。每当进入满壁书籍的房间，好像盛夏投入海洋的怀抱，爽快惬意，我悠然地遨游其间，不知不觉中获益匪浅。

过 衢 江

　　1967年，时值"文革"期间，一个夏日的夜晚，我随金华一中宣传队在婺城广场演出，听说有个群众组织要来追捕，我们匆匆逃出城，拦了辆拖拉机就跑，身后是城区高音喇叭声。我们不时地回望，生怕有更快的车灯照射过来。夜色高远，月亮星星在天上闪耀，四野静寂下来，大约行驶了个把小时吧，我们看到路旁有条明晃晃的江。"停车，停车！"不知谁喊道。没等拖拉机停稳，我们就下饺子般连滚带跳落地，然后向帮助我们脱险的拖拉机手致谢、挥别。

　　"到江边去，找条船过江，他们就再也找不着了！"

　　"好！"

　　十五六个男女同学手提各种乐器行进在江滨的小路上。江滩广阔，江水静无声息。江有多宽，看不清；江那边是什么，更看不清。大家心绪浮动，边走边议论。

　　当时的情势使我们感到非常紧张。好不容易在江边看到一只小船，像哥伦布发现新大陆般的惊喜。船主听说我们的落难处境，马上让我们登船离岸。橹桨有节奏地在水中作响，小船不知不觉向江中驶去。船主说，这是兰江的上游，叫衢江，对面是兰溪的游埠，我们庆幸乘着夜色从金华逃往兰溪，心情马上松弛下来。明月清辉，无边无际，江水闪着星星点点的光亮，树木一字状排在江岸上，身后传来的狗叫声和车辆的马达声，像滤过般清亮。这时，我蓦地想起唐人孟浩然《宿建德江》的诗句：

　　移舟泊烟渚，日暮客愁新。野旷天低树，江清月近人。

　　建德县城过去在梅城，昔日的建德江，如今部分属如诗如画的富春江，建德江上游的西支流叫新安江，南支流以前叫信安江，是现在兰江的上游衢江（金华江与衢江在兰溪城汇合后称兰江），兰溪与建德是邻县，有种莫名的感慨涌起，我不禁吟出声来。同学少年，风华正茂，大家情绪骤涨，有位同学在船头迎着夜风吟诵：

　　借问新安江，见底何如此？人行明镜中，鸟度屏风里。

　　这是李白当年游历安徽省贵池所作的《清溪行》中的诗句，诗人将清溪如镜如屏的山水与新安江相媲美，这位同学大概是借此来表达他的一种兴致吧。

　　正说笑着，又有位同学凑热闹："'鸟来鸟去山色里，人歌人哭水声中。'刚才逃出来时，你们几个女同学急得快哭了，现在你们该哭的哭，该唱的唱吧！"

　　江中小船顿时载满了欢笑。

　　到了对岸，船主说他要返回。我们就着月色在江滩上休息，隔江相望，夜色茫茫，虽有几多蚊虫，大家仍是兴奋不已。江水低沉，不断传来游鱼上水的响动，我记不得是哪位古代诗人游兰溪江时留有"半夜鲤鱼来上滩"的诗句，此时此地真切地感受到了，我的脑海中不断呈现出条条鲤鱼在清清的兰江滩上哗啦哗啦摇头摆尾上水的身影。

　　第二天清晨，我们赶到游埠，在集市的戏台上演了一场就回返。阳光东射，江面上闪烁着金色的碎花；几只木船在辽阔的江中摇曳，渔夫撒网，动作矫健，潇洒优美；江滩上，渔翁腰扎竹篓赶虾，轮廓清晰、线条分明。江山如画啊！我是第一次感受到江河这种辽远、纯净的美。

　　坐在小船上，江底的卵石虚晃着，大小不等的各种游鱼在水中追逐，有的约莫几斤重，我们经不起碧绿江水的诱惑，脱下衣裳，像青蛙跃入江中，挥臂犁水。

在衢江上畅游，清冽冽的江水像无数双慈母的柔手，亲切地抚摸着我们。游鱼也因我们的潜入，增添了数分欢快，有的竟追着我们，啜我们的腿脚。江水滢滢不见底，该是江心了。我们一会儿侧游，一会儿蛙泳，一会儿潜泳，自由自在，正似江中的鱼，昨夜的惊慌、恐惧已洗却一空。船上同学的叫喊不断传来，船主也向我们微笑，我们与小船在比速度。究竟用了多长时间游过了衢江，我们也不知道。当我们沐浴着灿烂的阳光走上洁净的江滩时，欢悦的心绪与小船上的掌声、欢呼声一道飞扬起来……

清清的衢江啊，34年过去，你现在怎样了？

上 扇 子 崖

到泰安，登十八盘，上了玉皇顶，有关方面再安排我们游济南大明湖、趵突泉。我想，来一次不容易，我要游泰山西路的黑龙潭、扇子崖。

早晨七时许，先拜谒冯玉祥将军墓，再行至黑龙潭。龙潭在深山峡谷间，一侧是泰山中天门、玉皇顶，一侧是扇子崖、傲徕峰。龙潭瀑布百余米，白花花如练，潭水深沉呈黑色，传说直通东海龙宫，黑龙潭由此得名。

过了黑龙潭，只听松涛鸟鸣，少见人迹踪影，与泰山正门孔子登临处的熙攘人群相比，这条线路显得太冷清了；静有静的妙处，一意孤行，想走就走，想歇就歇，边走边欣赏，思想的翅膀随意飞翔，心中倒充满希冀。过长寿桥经无极庙，山道弯弯，杂草丛生，不经修饰，来得自然。道路像根牵引的线，总是拽着我。林木渐密，山风徐徐，些许清凉。前不见

行人，后不见来者，偶有松鼠从身旁蹿过，森森然真有寂寞之感。于是我哦哦地喊山，回音隆隆，顿觉丛林都是我的气势。

就这般边喊边登，不觉到了山峡笔立处。峡下深邃不知底，头顶悬崖青松倒挂，道在崖上，登攀艰难，忽有"一夫当关，万夫莫开"之感。我正想着，抬头却见"寨门"二字在崖上，惊讶中认定，这里原是西汉末年赤眉军驻扎的山寨。沿着崖道，小心前行一段，忽见坦荡一片：山中一盘地，可是容兵处。"天胜寨"，好一个响亮的名称。灌木丛林中当年的寨基清晰可辨。赤眉军当年在这里搭了多少茅屋、扎了多少篷帐？赤眉军何时进山、出山？历史上都是问号。我想，赤眉军将士大多浴血疆场，人头落地，幸存者和他们的后人记取了这笔血债，留存了这份勇气，而现实给予他们的只是残存，不会有更多的光阴给他们记叙和研讨历史。成功者追忆辉煌，失败者留取痛恨。

越过天胜寨，山路又盘旋，终见前方万绿丛中有几点红黄在蠕动。我呼喊，远方飘来几滴回音。

追到山顶，天地豁亮。山外有山。沿着山脊蜿蜒而上，赶上一组游人，其中有位是曾在这里工作三十余年的管理人员；他说，赤眉军当年有千余人在寨内，在扇子崖下。他指着西南那边的山坡说，那个台基、那片地就是当年赤眉军的跑马场。我循着他的手望去，有块绿油油的坡地嵌镶在漫山遍野的深黛之中，特别显眼。将近两千年来，这块跑马场竟没长成丛林，难道是赤眉军的血汗浸泡的山地滞止了树木的茂长？难道赤眉军的幽灵至今仍在冥冥之中给后人留有这永久的纪念……

又进入一座高山之腰，一块风水宝地，葱郁中隐有原始天尊殿。时已中午，汗水淋漓，就山岚翠碧野餐吧，我们坐在石阶上，这里遥看扇子崖，已是亲近了。

面包裹夹榨菜，吞食群山清新，吮吸绿水甘甜，身觉轻松如初。当年的赤眉军在这里食用什么？高粱面，小麦馍，山东煎饼夹大葱？还是弹已尽，粮已绝，戎装裹着瘦骨，痛苦地咀嚼草根树皮……

蝉在"知了知了"，同路人吹起口哨。

穿松林，路陡峭，仰望上方，巍巍扇子崖屹立在顶上，大有立马盖压而来之势。

我们缓慢而行，天徐徐拨开，山又缓缓平复，是山巅了，一座扇子模样的高崖像位顶天立地的男子汉孑然耸立着，仿佛是当年赤眉军的伟岸身影，又像是位历史老人终年伫立在这里，向后人叙说着一个经久不衰的故事……

崖后是绝壁，山势刀劈一般，是道天然的屏障。正面朝阳，有几簇草木点缀在崖上，看不见攀崖之路，但见几节尺盈的台阶，再就是人工铁梯空架，难怪古人在石壁上有"上云梯"的石刻。一路两百余米攀爬，心惊胆战。顶部有120平方米左右的岩石平台，上面凿有小小的一水池，是当年赤眉军作备水之用的，他们在扇子崖上设有眺望哨。平台侧翼设有哨所，朝山后有石凿的眺望口和当年搭建哨所的石壁缺口，杂草中夹杂的残片碎瓦，是赤眉军的遗物，还是明朝有位姓王的举人在这里搭房读书留下的印证？

在扇子崖上远眺，泰山玉皇顶遥遥相望，山前的动静，进山的车辆、人马一览无余，确是兵家登高观察的绝佳之地。

历史翻过了一页又一页。

望着四周的山山岭岭，虽有感慨，但心束得紧紧的，无法展开。在这绝壁之上，只能手扶铁索屏住呼吸。就这般，脚底板还是麻酥酥的，好像催我此处不能久留。

我真的没敢久留。

吃过晚饭，我在住地散步，回想上扇子崖的情景，感到收益不少，欣赏了大自然的风光，获取了有关赤眉军的一些知识，并由此产生了一些感受和遐想；在游历中，我还觉得，登山到达顶峰是可喜的，但过程才是最有意味的，这当中需要勇气、毅力，还要耐得艰辛、寂寞。上山如同人生之旅，成功固然可贵，但追求本身才是最充实、最有意义的。

养 蜂

家养蜜蜂最早起于何时？说不清，爹也说不清，只记得阁楼上那堆残存的蜂桶片有"道光"年号的毛笔淡迹。孩时，十几桶蜂堂而皇之地置在门面旁，屋檐下，前后窗台上，春暖花开，门前屋后，满天穿梭，芬芳四溢，小小的山村人家，沉醉在静谧的甜蜜中。

有日，爹对我说："上山摆蜂桶。"他将空桶内侧喷了几口蜜，挂上扁担，掮上肩，噔噔地上路了。我像欢跳的溪水追其后。会稽山南端的山山岭岭，曲折迂回，陡峭挺拔，爹攀至崖下，刀劈般耸立的高崖底部里凹，杂草已铲，几块乱石上方坐有石板，看出，爹早已瞄好风水。他将蜂桶放置在石板上，桶底锯有齿型的六、七个口对外。他背过身，瞄了瞄朝向："蜂嗅觉灵敏，老远就闻到蜜香，成群的过往，就会进桶安家。"他割几把茅草盖在桶顶，压两片石，算是为它遮风挡雨。其实这地势，雨水不易打着，阳光倒有斜照，有两石压顶，显得稳重。"以后进山，常来瞧瞧，这里朝向好，会有。"

大约半个来月，进山砍柴，路过那座高崖，我架好柴担，攀爬而上，见有几只蜜蜂进出桶底的小口，心似灌蜜。傍晚，我和我爹一高一低上山，举桶瞧看，蜂仅拳头那么一小团。爹坐在不远处抽烟，云丝缕缕飘逸，我在附近采撷野花。待到天暗，爹说："采蜜的工蜂差不多飞回，包！"他端起蜂桶，我将青布围裙铺在石板上，拉平，他包扎好桶底，我们一前一后落山，将桶置在旧屋的窗台上。翌日清晨，它们与其他蜂桶的蜜蜂一样，忙碌开来。"阿农家又增添户口啦！"爹抽着竹管烟筒，在吱吱声中欣赏蜜蜂飞进飞出。

成功与失败，总是相随相伴。有次爹进山砍毛竹，见置在毛竹山上的那只桶口蜂拥如潮，纷飞繁忙。这里山高路险，人们极少上来，待知晓，已是大半桶蜂巢了。他试着拎拎，沉沉的，大部蜂房灌满了蜜。毛竹背下山，后半日回头，等天色昏暗，再用青布围裙包扎好往下背。那夜明月深匿，山溪竹涧沉浸在墨黑中。山路的每个弯头拐角，路旁的每棵松枫樟篁，甚至哪一段走几步，哪段溪跨几脚，在黑夜中我爹也心中有数，当然，也不在乎野猪出没，草蛇拦路，怪兽嚎啸，但意想不到的是过一泉流时，爹脚底滑苔，蜂桶"嘭"地坐在石头上，"轰"的一阵，蜂桶里的蜂巢砸在包扎的围裙上，万千辛劳的甜美顷刻坠碎，家破蜂亡，存活者疯癫般在桶里挣扎飞旋。爹此时苦不堪言，只得背起，浓郁的甜蜜透过青布包裙漫洒一路。我奶奶、我娘等到深夜还没见村头响动，担心出事，吩咐我们儿孙举火把进山接应。翌日，天蒙蒙亮，剩活蜂群倾巢逃往山野。

蜜蜂春夏最为忙碌。稻穗扬花灿烂时，蜂已繁殖成大家庭。"搬梯上去看看，每桶留一、二个皇房，多余摘掉。"爹说。山里人称之"摘皇"。蜂是母系氏族，每桶蜂只有一只母蜂，即蜂皇，比工蜂长且大，像马蜂。蜂巢将满时，整齐排列的蜂房中间二、三片的下端有几个小核桃大小的蜂皇房，蜡黄的房内躺卧蜂皇蛹，待她长大，就要另立门户，带领部分工蜂远走高飞。蜂皇越多，分家的工蜂越少，工蜂采蜜量少，过冬就难。这像家庭，缺劳力，势必生活艰辛。我家九口，爹娘农田劳作，空闲破竹编箩，奶奶年迈八十还用那已消磨成月牙形的篾刀划篾，孩子放学，首要的是完成家长布置的编箩筐数，然后做作业，戏耍。养蜂，对于家庭，是忙碌中的消遣，紧张中的松快。接蜂、割蜜是我爹的活计，其他由我们帮手。我爬上木梯，小心摘除皇房，每桶留最大的一、二个。每到此刻，我总要轻轻地抚摸这些密密麻麻的小生灵，对它们说上一阵悄悄话。

有一日，我砍柴归来，斗笠上插着数枝喷香的山兰，见屋檐下一桶蜂前成群结队翻飞，好似古书中描述的千军万马在调遣。"爹，分蜂啦！"我爹冲出门槛，头一仰："快，泼水！"这话像条指令，全家老

少，有的提桶，有的端盆，用瓢向上泼洒，成群的蜜蜂在六七米的空中盘旋，仿佛是在等候蜂皇的命令。我们抓住时机，疯狂地将清水在空中洒成网，洒成片，在鲜红太阳照耀下，闪出七彩的光泽。最小的弟妹端着小竹碗助阵，泼不到一、二米，成了落水人。空中的蜂湿漉漉，地上的人湿乎乎。蜂飞不动，被迫停在附近的树上结成团，黧黑的枝杆上突然间挂上一个褐色的包。

我爹来不及换衣，回头拎只空桶，喷上蜜，上树，他两腿夹着树杆，壁虎般伏在上面，将空桶支在蜂团上，一手扶桶，一手轻轻地撸蜂。那团蜂在他轻轻的抚撸中往上爬行。我们觉得他很费劲，但这活只能单干。待蜂入桶，他拎着蜂桶一寸寸退下，我们真为他担心。

一个新的蜜蜂家庭诞生了。

倘若发现不及时，倘若水泼不到领路蜂，它们就可能直奔山岭，山里有我家的几处蜂桶，可在会稽山的冈冈岭岭中，有多少家的蜂桶期待着啊！

蜜蜂不时增添，最盛时我家有24桶。

夏末秋初，蜂桶内上半部的蜂房封满了蜜。割蜜时节到了，孩童早早闻得浓醇的香甜，催问长辈早日切割。夜幕徐合，爹在长板凳上绑牢倒立的方凳，把一桶满腾腾的蜂桶斜倒其上，上方再斜扣一只喷有蜜的空桶。他端坐板凳一头，细心揭开倒斜蜂桶的木盖，嘘嘘地向里吹艾烟，蜜蜂感觉到了洪水般的烟雾，惶恐地向上遁逃。随着烟的升飞，它们阵阵密密地爬上空桶。木盖部蜂房的蜜在松明的光照下闪烁着晶亮。爹喜形于色，捋起衣袖，操刀挖了一块，填到早候身边的我的嘴里，又挖一块填给我弟，在五、六个小孩的啧啧声中爹挥舞钢刀，蜂蜜随蜂房哗哗坠入大罐。

男孩大多馋，好奇，不离蜂桶，谁料，散飞的一只蜜蜂不知何时进入我的开裆裤，顿觉痛苦时方知被螫。我叔给我捏草药汁涂抹，边抹边调侃，一圈男女孩像看戏法，弄得我涨红小脸哭笑难言。这一夜，小东西红肿透亮形如光洁的玉烟嘴。小肚鼓胀，总尿不出。我爹上后山采回一种草药，捣烂敷上，稍刻，裆下水流潺潺，好不畅快。第二天，我仍蹭到爹身旁，再次期待切割的醇香。

每年割下滤过的浓稠蜂蜜，大多分送邻居、亲朋好友，分享几分甜蜜，换得满堂赞声。

山里人重情谊，秋日谁吃玉米饼，春上谁咬麦馍馍，端上一小碗蘸就着，别有风味。山村人家，手艺活赶集赴市换现钱，食用的蔬菜、蜜类一般不出山。有时，给路经家门的歇客端上一碗蜂蜜水，那感激的笑靥，至今仍深深印在脑子里。

入冬，山花凋零，蜜蜂进出也少了。我们给蜂桶外扎稻草御寒。进九后，小瓷盘上排松针枝，洒蜜，置于桶底，让它们汲取营养，度过严酷的冬日，编织来年春天的童话。

|文 山 有 云|

也许因为我哇哇落地时第一眼见到的是一片青山，也许因为我离开故乡前一直是在山坑水里跌打，也许因为我军旅生涯的前十年始终在山水间周旋，以至移居都市仍对山水情有独钟，是仁者？是智者？我不知道。每当我遇见或联想到美好的事情，总不由自主地把它比作山。一二十年来坚持业余创作，曾对一位采访我的记者、作家说过：文学是座山，山中有高人。我向山中走去，修行在自身。文学创作是项迷人而又艰难的事业，它像山那样扑朔迷离，深邃幽静，又像山那样高峻挺拔，恢宏壮丽。

枫叶飘红的日子里，我收到一位痴情文学的青年来信，并附有百花文

艺出版社出版的他的散文集《风雨旅途》。我们素不相识，其信和作品是通过家乡驻京办事处转寄来的。我用三个晚上粗粗品读，心情是喜悦的。作品中《往事如歌》《屋檐下》《江南风》等辑，磁铁般吸引着我，娓娓道来的故事，自然灵巧的构思，清新质朴的言语，洋溢着浓郁的地域气息，创造出独特的氛围和意境，其中欢乐的农家生活，艰辛的求学之路，秀美的江南风情，真诚的为人之道……一幅幅启动人心的画面，一阵阵感人肺腑的赤情，时时叩击着我的心扉，激起我心海共鸣的浪花。我想，这当中，深深地熔铸着作者对美好的家乡——进而对美丽的祖国的眷恋和热爱，也深深地熔铸着作者对人情世故、桑田沧海的哲学思考和文学追索。叶文玲在其序言中说："他是东阳义乌人，生于斯长于斯，对这块土地当然就有一份特别的感情。 东阳义乌是一个书画之乡，也是浙江许多名人大儒的故乡。常言道：'芝兰有根，醴泉有源。'在一个敬重诗书的耕读之乡，耳濡目染，萌生了对文学的这一份挚情，又受到比别人多一份的熏陶，转而执著而深情歌颂这一方土地，当然也都是天然而必然的了。"这时，我又想起从那片土地上走出来的艾青诗歌中的经典之句："为什么我的眼里常含泪水？因为我对这土地爱得深沉……"

有人说这本散文集："无论其内容，其文笔，都一如乡间荠菜，很简淡，也很素朴，从头至尾，只觉一股淡淡的清气缭绕，一股浓浓的乡情扑面。"山野荠菜，如同春草，一旦破土，就经得起风雨雷电、寒冬酷暑，缝补大地的贫穷，丰润原野的荒凉。我赞赏荠菜的同时赞赏乔木，树比草的根扎得深，叶长得茂，立得高，望得远。山野上，花草与树木各显其势，失去哪一部分，都似失去半壁江山。草木并茂，才构成人们崇尚的大自然。

前段时间，我在一些报刊上见到这位作家的《长歌当哭忠魂泪》《宋濂的义乌情结》《勾践寺》《风车口山行记》等散文，脑海中有较深印象，觉得他的散文具有浓重的历史感和深厚的文化感，颇像风雨交加中哗哗作响的大树。也许，这是他《风雨旅途》的蜕变。

山育草木则华，山生云彩则活。彩云飘逸，方显山的鲜活灵动变幻无穷的壮美本色。茫茫人生路，啥样的境遇都可能，然而，行到水穷处，坐看云起时，又是一种超越与顿悟。

他像唐伯虎那般才气横溢、风流倜傥，令秋香一笑二笑连三笑？还是像故乡的土地上面朝黄土背朝天终年耕作的老农那般忠厚、纯朴，冬日的手上裂着道道血痕？我不得而知。从书的折口和文章中获悉，他的经历是学生、农民、教师、市府秘书科长。他积 20 年之成果，滴水成河，可谓廿年磨砺，得之不易，终到扬眉剑出鞘时。他现履行何种公务？担当何种职责？刚写下这两个问号，忽又觉得多余。在文学这座大山中，是不论其官位、品位的，你已从他著作的字里行间读出了他对文学的真情和执着，读出了他对生命的体验和感悟，就够啦。是的，我已经看到他在散文这片领域里将有更丰厚的收获。

作者？姓骆名有云。在风雨旅途中，好一座文山有云，恰是一道亮丽的风景。

寻访阿房宫

八百里秦川，被茫茫的雪海吞没了。

天穹不作美，古都西安显得格外的寒冷。元旦过后，在我的江南故乡，太阳从东山头露面，就有融融的光辉普照，顿添几分暖意，而这里阳光特别害羞，隐隐遮遮的总不愿与远方来客相见。

出差寄宿在离城区几十里的三桥镇。住处旁，几幢平房围成小小的院落，前有栅门，门旁有牌：西安市未央区三桥阿房宫派出所。

我心一震，这就是心仪已久的阿房宫？

急切问过路行人，他们说一墙之隔的武警学院就是阿房宫的故地。学院创办时接收某野战部队大院，又征得一侧九十六亩地。西安市要求，此地只准盖一层楼。我猜想，这以后还是要派用场的。为寻访大秦的恢宏构建所在，满足心灵上的某种欲望，我步入武警学院，又询问了七八位身穿橄榄绿军服、佩戴红色肩章的学员，他们仪表堂堂，气宇不凡或轻声细语，亭亭玉立，但对我们的祖先，对我们久远历史的认知，都很淡薄、肤浅。我有些失望，又不灭希望。后有人指点："西边那操场就是阿房宫的老地方！"

淡黄的夕阳斜照，雪地闪烁着微莹的光泽。偌大的操场——九十四亩地，空旷辽远，仅有几个小伙在雪地上玩足球，两位穿红色羽绒服的姑娘，像两枝鲜红的花朵绽放在皑皑的雪原上。

我思绪似雪花飘零而来，又若春雨潇潇而至，眼前的这片旷野，真是秦皇朝五步一楼、十步一阁、廊腰缦迴、檐牙高啄、各抱地势、钩心斗角、盘盘然像蜂房似旋涡、矗不知其几千万落的阿房宫？真是长桥卧波、复道行空、高低冥迷、歌台暖响、茫茫然覆压三百余里遮天蔽日的阿房宫？

没有印迹，没有碑记，宛如历史空缺几千年。

沿着悠长的跑道，我独自漫步，仿佛走进历史的隧道，越过宋朝的闹市，沐浴唐汉的雄风，凸现一派秦地几十万黎民百姓人扛肩挑筑台、能工巧匠雕凿，夯声此起彼伏、吼声直冲云天的壮阔施工场景，恢宏壮丽、美轮美奂、令后人感叹无尽的阿房宫的雏形，像一幅漫长的陈旧画卷，徐徐展现出来……

我走啊走，走进了地域的边缘，一位老农握着一柄锄把正在雪地中挖沟，他那专致的神情让我心有感动，我脚踩到那新翻的土地上，他才直起腰来，两只混沌的眼神与我寻访的目光相碰。他指指几十米的前方："那个能开车出去的口子，就是阿房宫的北门。"

蓦地，我想到，他们的祖祖辈辈与土地结伴，守候着土地，就是守候着江山，就是守候着人生。人们在这方土地上日出而作，日落而息，一代又一代地传授着耕作技能和人生哲学外，还一代又一代地传说着地名、人名、掌故，这传说就像一条悄无声息的河流，流淌到现在，又流淌到将来。现在这位老农所指的阿房宫的北门位置，也许由此而来。

老农与我说了两句，又举起锄头着力地落入深厚的土地，这是唐时的土地，又是秦时的土地，这土地下还埋藏着当年楚霸王举火焚烧后残留的金银珠宝、断砖碎瓦吗？熊熊烈焰燃烧了一百来天的阿房宫，你们残迹今在何方？

"这些玩意，八辈子前就掏空了。"老农诚恳地说，"你要看遗址，西南方二里地有个土墩，那里有块碑。"

第二天清早，我借辆自行车沿着三桥镇高窑村的小道南行。晨雾浓重，只闻两侧平房屋宇间的鸡鸣狗叫和嘈杂声响，迷茫得不见踪影，我捏紧车把，缓慢行驶，唯恐半路上冲出一个什么来。

不知走了多少里路，拐了几道弯，到府东村，西去百余米便是阿房宫

村。这里每个村口都有村碑，刻着村的沿革和现状简介。阿房宫村村碑上刻载：村南有阿房宫遗址。我心似燃着一把火，跨上自行车沿着田埂小道再度南行。雾浓得仍然不辨前方的踪迹标志，只辨见自行车轮子两侧的雪地上，冒出稀稀拉拉的冬麦叶尖。实在不敢贸然四望，稍不留神就会连人带车冲向那不知深浅的沟，那不知高低的坎。当我的车轮轧到一堆刚刚倒地的农家肥时，才隐约看见身边有一老农，他正在麦垄上倒家肥呢。

我又一次地询问阿房宫遗址，他说："这土墩就是！"在雾蒙蒙中，我往南寻望，朦胧有一个白绒绒的包，我扶着自行车走过去，才知只有几十步远。

土包这时显得是土墩，十来米高，雪像一条宽大无边柔软无比的被子覆盖其上。墩上有簇簇灌木丛，冻结着白花花针刺般的雾霜。四周是麦地，东北角有条小径通向墩顶，虽然原野上人迹稀疏，但光滑的雪道表明这几天有不少人光顾或村童在玩耍。这土墩上原有何等建筑？它在阿房宫中处于哪个地位？脑子一片空白。脚踩大地，咔嚓咔嚓地脆响。雪道是向导，我抓住路旁立着雪花雾霜的野草往上攀，坡道陡峭，全是滑冰，身子左右晃荡，在晃荡中渐渐向上攀爬。

心中存念着浓烈的兴致，仿佛要在遗址上寻找什么。待我真的攀上顶端，一切又是那样的普通，除了厚积的已被朔风几经吹拂的冬雪，除了几蓬半人来高身带利刺铁丝般的野枣，什么也没有，就像这茫茫的雪地，呈现给我的是一张庞大而又破败的空白试卷。

踩着麦地围它而转，南侧有一块很不像样的水泥碑，碑的正面，用红字刻写："第一批全国重点文物保护单位"，下面五个大字"阿房宫遗址"。背面是："阿房宫是我国历史上最著名的宫殿建筑。它是由结束了战乱分裂局面，建立统一的多民族封建国家的秦始皇，于公元前212年营建的。这里是阿房营一处建筑遗址，故老称之为'始皇上天台'。"西安市人民政府立，建碑时间是1983年6月。这块碑与这墩土像这麦地一样，素朴、平凡。

来西安时途经洛阳，我心灵曾被古代巧夺天工的龙门石刻艺术强烈震撼，在那高大、庄重的善面佛像前，人们如区区蝼蚁，显得那么的渺小。在这土墩前，我没有站在龙门大窟前的那种感觉和感受，我倒觉得它像一个人、一条狗、一只鸡、一棵树，它早已脱去昔日的高傲与华贵、焦虑与悲伤，溶进了大自然。

项羽是在公元前206年入咸阳焚烧秦国宫殿的。"楚人一炬，可怜焦土。"历经二千余年的战火纷飞、风雨侵蚀，这块焦土仍耸立在秦川大地上，也属不易了。这么一想，我又觉得这座土墩的存在，是不幸之大幸了，它起码是后人驻足联想的一个去处吧。阿房宫早已无存，可它引发多少人无穷的遐想。唐代诗人杜牧在《阿房宫赋》中的感叹，至今仍萦绕在我们的耳际："灭六国者，六国也，非秦也。族秦者，秦也，非天下也。"如果，当时的六国和秦国那些当权的，不为一国的私利，不为一皇的权欲，而是深爱普天下的百姓，思量着他们的安定和幸福，也不至于会出现这一历史悲剧。后人有识者深深地"哀之"，有志者切切地"鉴之"，为的是不想重蹈古人惨败的老路，稳住江山社稷。其实，这是一个浅层面的思考，最根本的还是要心中有百姓，得民心者得天下。权欲、利欲是永远没有尽头的，一味图谋，不断膨胀，到头来，再恢宏再壮美的"阿房宫"，也是要呼啦啦倾塌的。秦地丰厚沉重，一把土都是一部耐读的史书。自行车在归途的雪地上缓缓下坡。我不时停下，回望那给人一番恋情的不朽的土墩。雾仍茫茫，地也茫茫，这时看天，暗红的一饼太阳已经印在迷迷蒙蒙的苍天之上。

走进罗布泊

为写一部报告文学，我走进罗布泊。

经吐鲁番、托克逊，穿过条条寸草不长、山洪留有斑斑痕迹的干沟，翻过高入蓝天白云的天山山梁，抵达塔里木盆地的东北部边缘。我记得我的乡人骆宾王随唐军曾入交河、天山、疏勒等地，留有不少军旅边塞诗篇，"阴山苦雾埋高垒，交河孤月照连营。""阵云朝结晦天山，寒沙夕涨迷疏勒。"交河故城位于吐鲁番市西10公里，唐时统辖西域最高军政事务的安西都护府，曾设立于此。骆宾王当年是否不辞辛劳翻越天山山脉，抵达我现时所在的博斯腾湖旁，没有考证，他的边塞诗章好似没有涉及此地，更没有提及烟波浩渺的罗布泊。

罗布泊，蒙语是指多水汇入的湖。上世纪五十年代，罗布泊水域还有4000余平方公里，可到1972年，浩瀚的罗布泊痛苦地干涸了。罗布泊的消失，成为一个谜。1980年5、6月间，著名的科学家彭加木率队考察，在这里不幸失踪。1996年6月，探险家余纯顺徒步横穿罗布泊，不幸遇难。也是在同样的6月，我们几位军人乘上越野车，向扑朔迷离、变幻莫测的罗布泊腹地进发。

一条丝带般的黑色公路在广袤的大漠上延伸。越野车像匹撒野的骏马，奔跑在望不到边际的旷漠上。几十年前，我军几支精锐部队听从党中央、毛主席的召唤，为了中国"不但要有飞机、大炮，还要有原子弹"的勇气和抱负，千里迢迢翻山越岭到这里，又扛着武器装备冒着雄健的漠风、狂沙，徒步向罗布泊腹地挺进，他们在千年荒漠中不知吃了多少苦头，才赶到了在那地图上可以找到的孔雀河畔、罗布泊边。他们用重锤深深地砸下铁桩，固住帐篷，谁也没有想到，当他们解除路途劳顿、呼呼入睡之际，虎啸狼嚎般的风声将他们唤醒，他们在帐篷里顿觉气温骤降，个个拥挤在一起，卷进篷里的风沙呼啸打转。帐篷外是另一番天地，穿着皮大衣荷枪实弹的哨兵，被一阵沙石刮倒，他艰难地站起，又被更为猛烈的沙石打倒，他看不到一切，他后来说天地间像扣着的一只大黑锅，他趴在地下，慢慢地爬向帐篷，他抓住帐篷的绳索时，呼呼呼的几声啸吼，他明显地感觉到了，是帐篷刮起，他被帐篷带上天空，他知道，如果失手，就会粉身碎骨，他双手死死地攥着篷绳，冲锋枪在肩膀上啪啪摔打，狂风不知将他吹向何处，他感觉到只要紧紧抓住，帐篷的降落会像降落伞那般，也许有条活路。果真，当第二天人们找到他时，已在一公里之外，脸、手被沙石打烂，军大衣被风沙撕咬得像张灰色的羊皮。这时，他才得知，昨夜另有一名哨兵失踪，后用直升机也没找到他的踪影。

那时的部队是在极其秘密的情形下行动的。我记得我的一位金华一中的老校友，她五十年代已是著名的化爆专家，当时分管这项工作的张爱萍亲点她出阵，她告诉家人要出差，第二天就出发，她丈夫说，他也要出差，他是武器装备研究专家，他们放下幼小子女，各自匆匆走出家门，登车离开北京。谁也没有料到，他们在罗布泊的原子弹试验基地诧异地碰面了。就是这位女专家带领的效应测试人员，准确地报告了我国第一颗原子弹爆炸的当量。北京坐镇指挥的周恩来总理，已得知蘑菇云的升起，他说再等一等，等到当量的准确报告，才确信是爆炸成功，他报告了毛泽东主席。后来，党和国家领导人接见这次试验有功大臣时，周恩来总理紧紧握住她的手："女代表！女代表！"这批接见人员中仅她一位女性。

越野车继续向罗布泊腹地奔驰，当年修向试验中心地带的道路已经破损，车子在茫茫的戈壁中颠簸，不时脑袋撞到车顶，嘭嘭直响。漫无边际的旷漠，黑铁般的石砾铺满大地，壮阔、雄浑。车子以一百二十码的速度

飞奔，没有道路，方向就是线路，地面有条条车轮碾压的痕迹，像一把拽不到头的粗线面条，柔和地漂游在浩瀚的漠海上。我们沿着这一排柔和的车痕，向望无尽头的前方突进。

太阳白生生地悬在头上，火烤火燎。我透过车窗远望，四周坦荡无际，我们一行人都感觉到，在这辽阔的天地间呼吸、行进，胸襟自觉舒坦、宽敞，仿佛换了人间。大地无限地平展延伸，偶见几个隆起的高坡，陪同人员告诉我，那里有当时构筑的地下效应工事，为获取资料，当时在与原子弹爆心不等的距离，都由工程部队昼夜奋战，构筑了地下坑道，放置了各种动物。我们还远远地绰约可见大炮、坦克的残骸，还有历经几十年的各种露天建筑群楼、桥梁，有的破损倒塌，成为废墟，有的完好如初，巍然屹立，它们由各种不同的材料构建而成，在原子弹爆炸的高温和冲击波后，显示各自的惨烈与悲壮。

"爆心快到了。"陪同告诉说。我们伸长脖子，目光搜寻着早已从照片上看过的那座第一颗原子弹试爆时倒塌的铁塔，当我们从空旷的戈壁远处，影绰望得一团扭曲的钢铁藤蔓渐渐清晰时，五个多小时奔波的疲惫顿时烟消云散。打开车窗，滚烫的漠风扑面而来，鼻腔、嗓眼立时干燥热闷，但大伙还是不约而同地呼叫起来。

越野车戛然停住，我们几位军人抢先跳下，荒莽的戈壁大漠上衬映着一幅龙骨般的钢铁框架，一根粗大的钢管像巍峨的脊梁托起龙的高大身躯，其他粗细不等的钢铁残骸如根根筋骨、腿骨衬出龙的庞大身姿。1964年10月16日，我国第一颗原子弹就是在这座高达102.438米的铁塔上爆炸成功的。沉闷、剧烈的爆炸，铁塔上半部化作气体、液体，随着冲击波飘散而去，下半部比碗口还粗的12根钢管，瞬间变成火红，柔软地瘫卧在大地上。当巨大的蘑菇云升起，在戈壁深处栉风沐沙奋战数载的部队指战员，无不激动得涌出热泪。我在洛阳曾采访过当时开升降机送这颗原子弹上塔的这位老职工，他说他那时就坐在这原子弹上，开着升降机徐徐地升到百米高的铁塔上，那时手续很严格，各道工序的参与者都在工作表上签字，以示负责。他送上去后，将原子弹移置高耸云天的铁皮屋里，再由工程技术人员安装。可想而知，那是一项一丝不苟的庄重事业。

在这钢铁的废墟前，1986年10月16日立有一块花岗岩碑，上面刻有开国上将、为"两弹一星"立下赫赫功绩的张爱萍的手迹："一九六四年十月十六日十五时，我国首次核试验爆心。"我国1985年已宣布停止大气层核试验，从此，罗布泊又恢复了它久远的沉寂和神秘。当我们庄严地站立在将军题写的这块石碑和这副似龙如虎的钢架前，无不为我国我军的科技工作者和优秀的指战员骄傲和自豪，是他们，在这洪荒的罗布泊腹地，为中华民族撑起了坚强的脊梁。

我们围着这副钢架和石碑走了三圈，发现黑色的废墟旁长有一束瘦绿的小草，中间还有一根纤细的花杆，一枝浅黄色的花朵，在这渺无人烟的漠野上，鲜丽地开放着。

大别山深情

枫叶染红的时节，我们怀着崇敬而又虔诚的心情，从北京出发，护送一位身经百战的老将军的骨灰，回大别山革命老区的金寨安放。

老将军是安徽六安人，12岁参加红军，在大别山的山山水水间留有他深深的脚印，也留有他奔腾的热血。在那艰难的战斗岁月里，有一次国民党的围剿部队蜂拥而来，作为红军连长的他指挥全连顽强地掩护主力部队转移，子弹呼啸，炮弹轰鸣，他身负重伤仍坚持与战友们一边扫射，一边撤出战斗，跳出包围圈。在一次遭遇战中，他一连射杀三个敌人后中弹

倒下，战友们将他背下阵地。那时红军部队的医疗条件很差，没能及时取出体内的弹头，十六七岁的年轻人有活力，伤口不久愈合，这颗子弹和几块弹片一直残留在他身上。后来，他又参加了几次反围剿斗争和举世闻名的二万五千里长征，参加了著名的直罗镇战斗，后来部队开赴西安附近，支持张学良、杨虎城逼蒋抗日；他率领部队在著名的平型关战役、百团大战、苏中的七战七捷和淮海战役、渡江战役、淞沪战役、福厦战役中大显身手，打了许多硬仗、恶仗、险仗，取得了一次又一次的辉煌战绩。在社会主义革命和社会主义建设时期，将军仍像战争年代那样，风风火火抓军队建设。将军体伤，走路稍有一颠一颠，但他高大威武的身影，在雄壮的军营里，仍然独具风采。

将军戎马一生，战功赫赫，也有老的一天。他面对未来，面对死亡，仍像战争年代那般坦然自如，他说他要回去，回到当年留有青春热血、留有深一个浅一个脚印的大别山区去，回到有那么多同伴、战友浴血奋战又纷纷倒在那里的金寨去。

将军的遗体在八宝山火化，陪伴将军一生的几块弹片和子弹，在炉膛里闪烁着烫红的光芒，大家看到这场景，仿佛又看到了昔日将军激烈战斗的场景，弹头的呼啸声、炮弹的爆炸声又一次在人们的耳际回响。

载着老将军骨灰和那几粒特殊的弹片、子弹的车辆徐徐驶向大别山，具有光荣传统和开拓精神的金寨人民，像当年挥泪送别红军那样又挥泪迎接将军的回归，将军的魂灵在亲热的父老乡亲面前欣喜地游荡。

县委书记介绍，当年鄂豫皖苏区的革命斗争如火如荼，向东威胁南京政府，向西直逼武汉、开封，为扑灭熊熊燃烧的革命烈火，蒋介石集中几十万部队铁筒合围。他指令谁先占领苏区的中心地金家寨，就以谁的名命名新设县。那时敌强我弱，我军主动撤退，国民党军队的卫立煌第6纵队占领了金家寨，国民政府即将安徽六安、霍山、霍邱三县的部分地区和河南商城县、固始县的部分地区划出，建立了"立煌"县，开始归河南，后归安徽管辖。再后来，我们的解放大军攻下金家寨，要向上报告，报个什么名好呢？就报金寨吧，金寨县由此而来，现在台湾出版的中国地图，听说还称立煌县。

"金寨过去有 10 万儿女参加红军，1949 年 10 月成立中华人民共和国时，得知仅存几百位，他们中的绝大多数为中国人民的解放事业献出了宝贵的生命。"书记噙着泪花说道，"金寨还有两个'10'，建造梅山水库和响洪甸水库，淹没了10万良田，迁移了10万人民。"我听了不由肃然起敬，金寨是个山区县，良田是命根子啊！为了国家的整体利益，为了子孙后代的幸福，金寨人民又作出了重大牺牲。

在合肥，听武警总队的领导说，夏天，淮河地区水灾严重，为了下游人民，处于淮河上游的金寨两大水库蓄洪，眼看着年久未修的水库水位猛涨，超过警戒水位，水库脚下的人民危在旦夕，作为金寨人民父母官的县委书记，心急如焚，他一方面组织力量，紧急转移县城所在地梅山镇的部分居民和政府机关；另一方面向省武警总队紧急求援。部队立即派遣一支队伍带上冲锋舟和其他防汛器材赶到金寨，既做防洪抢险准备，又担负梅山镇的巡逻、值勤。金寨人民宁可牺牲自己而顾全大局的精神和军队与老区人民的深厚情谊，又一次深深地感染着我。

六安市有 108 位红军老将军，其中金寨县59位。金寨是个将军县。现在有80多位老红军的骨灰安放在金寨县革命烈士陵园，其中有13名将军。至今仍健在的许多老红军、老将军深情地说他们是大别山的儿女，他们寄情于那片热土，表示他们身后将永远忠诚地守护那片神圣的土地。

安放带有弹片、子弹的老将军的骨灰那天，阳光特别的好，灿烂地照耀着山山岭岭。老将军安详地回到大别山的怀抱。按当地民俗，乡亲们放起一挂挂鞭炮，点燃一刀刀黄纸，刹那，火焰袅袅升腾，炮声震彻山野，仿佛，将军和他的战友们又回到了当年的战场。

|"神舟"升起的地方|

　　这是一个值得永远念记、深切体味的日子——2003年10月16日，我国航天员杨利伟载着金黄的灿烂，乘坐"神舟"五号飞船遨游太空，围绕人类久居的地球14圈后稳稳当当返回，中华民族千年的飞天梦想成为亲眼所见、亲手可触的现实。人们也许没有忘记，39年前的这天，我国第一颗原子弹试爆成功。偶然的巧合？还是精心的布局？我们没法更深层地探究。政治家有政治家的思考，科学家有科学家的逻辑，我是普通百姓，空暇写几笔文字，抒发的是一种情怀。

　　我到过"神舟"五号飞船徐徐升起的地方，那是在酒泉以北几百公里的内蒙古额济纳旗境内，四周是漫无边际的旷漠戈壁，一泓绿洲像颗翠碧的珠宝，镶嵌在柔弱的黑水河下游，这片绿洲就是中外闻名的酒泉卫星发射中心——中国的东风航天城。

　　这里始建于 1958 年。北京的中央政府和毛泽东主席下了决心，十万精兵就从四面八方昼夜兼程向大漠深处浩荡挺进，步兵、铁道兵、通信兵、测绘兵、空军，进驻最多的是工程兵，他们担负繁重的导弹试验基地的各个场区的建设。那时条件极其艰苦，又值我国"三年困难"时期，部队吃、用都成问题。物质生活十分匮乏，精神却弥补一切。我曾采访当年奋战在那里的一位工程兵连长，他说：那时执行的是国家特种工程，特别的保密，我们就称特种工程部队，虽然全国全军全力支援，但那时的交通不像现在这么发达、便利，许多物资真正赶运到大西北的荒漠之中，实在不是一件容易的事。当时，为了抢时间，我们昼夜奋战，各项工程都是提前再提前。我们连有回接受营区建设中的刷墙任务。有任务，领不到刷子。怎么办？心里很急，工程等不得，各个师、团、营、连都在大干快上，十万将士你追我赶争先恐后，我和连队干部战士商议，突然有一念头：全连理光头，整理头发自制刷子。这想法像脆响的晴空闪电，大家兴奋地呼叫起来。就这样我们自制了各种样式、长短不一的100多把刷子，解决了燃眉之急。在那个年代，中国最原始的和最现代的，在那特殊的地域、特殊的环境，得到充分的展示与融合。

额济纳旗风沙大得没法用言语比喻。运进场区的满装大油桶在戈壁滩上刮出几十里。由铁道兵抢建的从清水到场区的铁路，在戈壁中穿行。有一次，刚卸完的空车皮，被一阵风沙刮到路基下，车皮被沙石打得疙里疙瘩。部队居住的帐篷半个在地下，半个露在戈壁上，用芨芨草与泥巴糊实，防风防沙，冬暖夏凉，从空中俯视，像一排排一行行硕大的蘑菇。导弹试验基地基本完成，部队就种树植草，绿化场区，让戈壁变绿洲，美好大西北的家园。

弹试验部队也在这时咬着牙关做准备，工程安装部队在星辰闪烁的戈壁深夜树起了高高的发射架。1960年9月10日，额济纳旗晴空万里，爽朗明静，新建的导弹发射场坪上屹立着我国第一枚墨绿色的导弹弹体，金色的阳光照射在年轻并富有生命的弹体上，熠熠生辉。随着指挥员的一声"点火"，导弹尾翼喷射出浓烈的火光，弹体在火光和轰鸣中缓缓腾空，飞行在蔚蓝的天空中，它按照预定程序飞完全程，弹头准确地击中远方的目标。我国的第一枚导弹试验成功后，完成任务的部分工程兵师、团又向原子弹试验基地开进。

开国上将、原军委工程兵司令员陈士榘对笔者说：当年，我作为"两弹"基地建设的特种工程部队的司令员兼政委，毛主席、周总理亲自交代这个任务，压力很大，在建设过程中，许多问题是直接请示周总理解决的。经过几年努力，我们提前完成了，交给当时的国防科委使用。导弹、原子弹试验成功，毛主席很高兴。1965年元旦的军民联欢晚会上，毛泽东主席来到我们军队的高级将领中间，一手握着我，一手指着国防科委主任

张爱萍上将，用赞许的口吻说道："祝贺你，你们立了功，他们出了名。你们做窝（建成"两弹"基地），他们下弹（成功试射导弹和试爆原子弹），我们中国人说话开始算数了，你们都立了大功。"

后来，人们欣喜地获悉，在这个基地上，成功发射了我国的第一颗人造卫星和日后许多次的卫星上天、"神舟"升飞。

在那个"不是东风压倒西风，就是西风压倒东风"的日子里，酒泉卫星发射中心的人们，都亲切地把这块他们日夜相伴忘我奋斗的地方叫作"东风"。酒泉下火车，接待我们的年轻人热情地说："我们回'东风'去。"一个"回"字，令我们委实地感受到，"东风"就是他们的家，也是我们千里旅途的家。这"东风"就是我们送卫星上天，送"神舟"五号飞船遨游太空的航天城。

经过几代在戈壁深处的航天人的不懈努力，酒泉卫星发射中心——东风航天城，已经建设得异乎寻常的美丽且有气魄，绿树成荫，花草遍地，楼房整洁，道路经纬，各个卫星发射塔、航天飞船发射塔巍峨地耸立在坦荡无垠的大漠上，他们像一位位坚强的钢铁将士，时刻期待着祖国的神圣号令。

将 军 石

在漫茫草原的深处，或说，寂寥草原的尽头，突然下沉有一沟，沟里怪石嵯峨，榆树散缀，沟底葱葱然，石缝上虬盘的，有的坚挺，有的枯朽，如根雕，根须似无数双嶙峋的手，伸得长长的，乞求的是水。水，永远的渺茫，老天爷起码的怜悯也没有，仅沟底有点隐隐的水积，黑渗渗的，散发着马粪牛尿的浓浓气息，鸟喳喳地起落，竞相吸水，留下重重叠叠的足迹。

边防部队的连长，盛情地陪同我们："这是几百公里绵长的边境线上最好的景观所在。"很久没雨，原上草枯枯黄黄地呻吟，已经没有点滴气力了。我们的越野车，在巡逻线上奔驰，扬起的烟尘，也如燃烧的火团。真不想再搅扰他们，真不想再搅扰静谧枯燥的原野，可他们说，这沟边有块将军石，值得看看。

这位将军不知是哪朝哪代了，他离开他那可爱的家乡，随着金戈铁马的队伍征战，不知立了多少战功，可在这茫茫的草原上倒下了。将军精忠报国，马革裹尸，随同的将士就将他埋在了这稍能避风，有树有水之处。将军家乡是绿树水乡吗？面向绿树清泉，是将军生前的所好，还是将士一种深情的寄托？这，谁也道不明了。传说，将军的家乡闻悉这讯息，迢迢千里，亲人们拉来一块家乡石，矗立在茫茫草原的深处，矗立在将军的墓前。

我是被这一传说深深吸引的。到边防线上，我这个从戎三十八载的军人，不去朝拜一下前人征战永远留下的英灵，是要受到良知谴责的。待我们赶去时，原先蔚蓝的天空，忽地乌云翻滚而来，如万千铁骑驰骋。淅淅沥沥的雨水飘落下来，草原拉上了白莹莹的幔帘。这是喜雨，连长说，已是八月底了，太迟了，但还可挽救。那这绵绵的雨，是不是将军在天之灵的感应？我暗暗地祈祷着。

我们是冒雨直奔那沟那石的。鸟群盘缠，有的落在我的肩上。与它的亲密接触，我情不自禁，想起哪朝哪代到今还不知姓名的这位将军，这鸟是不是他的身灵回归？如果喳喳的声响是与远道而来的后代军人的会晤，那我将以怎样的言语来与您沟通呢？将军，您是汉民族的子孙，还是华夏其他兄弟民族的后裔？您是从哪里踏上征途？又要奔向何方？

细雨沙沙，染绿了沟旁不知名目的草丛。将军石矗立在沟旁稍高处的

岩边。我们拔去杂草，将军石便凸现出来。也许由于年代久远，坟墓已夷为平地，只有这块碑石屹立着。碑上没有字。乡人亲人，意想不到，在他们生活的那个年代，辽阔荒茫的草原上，不用说道路村庄农舍，就连稀少的牧民也难以寻觅，更找不到能敲会凿的工匠了，无奈中，他们只能将这块碑石慢慢竖起，让它永远地屹立在神圣领地的北疆。

我默默地伫立在石前，向这位不知姓名的将军，致以虔诚而崇高的敬意。连长庄重地说，我们每年都要到这里来，有时还组织连队来。

天色黯然，雨是越落越大了，衣帽都浸湿了，肩章帽徽经过洗礼，倒越发的辉煌起来。咱们走吧，连长说，再过一会儿车子寻不得路了。这时，我们才缓慢地走出沟谷，走向苍茫暗垂的草原，向远处那片有点亮色的方向驶去。

桃 花 鱼

桃花鱼。这个美丽的名字，在我的脑海中怎么也难以消磨了。

长江三峡有条香溪河。香溪河上游有个宝坪村。宝坪村是王昭君的故里。

我慕名专程前往。江汉平原上的花期已过，而大山褶皱里的油菜花，一田田，一垄垄的，怒放在苍翠碧绿中。黄绿的相配，还有簇簇鲜红杜鹃点缀，山也像昭君一样靓丽了。这里，脉脉的青山，弯弯的香溪，孕育了王昭君。王昭君成长，入宫，出塞，又使这青山香溪蒙上一层更加迷人的色彩。

宝坪村坐落在半山腰上，石墙青瓦，绿树拥荫。汉白玉昭君雕像，文静素雅地立在她的老宅前。昭君的故居久经风雨，已显沧桑，地基路面的斑驳条石，仿佛告诉我，汉时的古宅早已烟灭，现见的比那时的，宽舒、气魄得多。故居开辟为王昭君纪念馆，存设昭君生活、经历的画图和一些农家普通的物件。昭君是农家的女儿，她出落得眉清目秀，灵慧动人。在茫茫的大地上，芸芸的众生中，像筛筛子般地筛出了她，让人左看右相，选入汉宫，又作为和亲的使者北去匈奴。

　　宝坪村流传不少昭君动人的故事。昭君青春年少时的举措，给宝坪留下了永远的福音。她带领众姐妹，七七四十九天，驱赶了混浊的黄龙，开挖了清冽晶莹的水井，并用深山伐得的古木锁住了精灵，从此这口楠木井，让村民们世世代代地享用。

　　昭君那天是喝了楠木井的清泉启程的。她柔媚的身影缓缓移动在青青的山道上，一步一回头，泪水横流。

　　昭君是乘香溪河上的船上路的吧？

　　解说员说应该是。

　　香溪河有鱼吗？

　　有。

　　什么鱼？

　　桃花鱼。

　　这个美丽的名字，像块热烫的铁，吱啦一下，烙在了我的心头。昭君人面桃花，鱼也似桃花？香溪河的水，因为昭君的香绢洗浣而变香？香溪河的鱼，是因了人面桃花的昭君倩影而成色？桃花鱼的眼，是滴染了昭君的清泪而明亮……

　　……桃花鱼，属菌类鱼，成活期只有十几天。

　　听到这，我顿生悲凉。想起昭君的身世和命运，心里酸酸的，好久没说出话来。

037

又是烟雨迷蒙时

雨中三湾

　　春暖花开，我们上了井冈山，参加曾在那里浴血奋战过的一位老红军、共和国开国将领铜像的揭幕仪式。将军当年安源暴动后从莲花那个方向上了井冈山。我们本想沿着将军走过的足迹前行，顺路到三湾看看。三湾是我们的崇敬之地，是革命武装的重要转折所在。可听安源萍乡的朋友说，现正是雨季，那条路很难走，我们只好走东边的那条大道了。

　　在翠绿苍葱的井冈，每到一处，我们都是重温，又是新奇。那里的一山一水，一树一竹，一坪一屋，一椅一桌，是那样的平素，淳厚，质朴，自然，而又无不辉耀，闪烁精华。这是一块圣地。毛泽东率领秋收起义的队伍，在三湾改编后，选择了井冈山。这是神圣的选择，光明的选择。这种神明的导引，使后来的队伍不断壮大起来。

　　南方的春天多雨，连连绵绵。在井冈山，我们办完事，又游览了几个主要景点，返回时想从黄洋界、茅坪方向过三湾的路，听说途中有滑坡，又难通行，我们只好选择拐永新的方向了。早饭后，我们上面包车，从茨坪出发，在雨雾中徐徐下山。茨坪，作为井冈山革命摇篮的主要瞻仰地，红色旅游的重要景点，已人流如潮了。我们车经厦坪，看到那里，正在繁忙的作业之中，一座座楼房平地立起。车在坎坷的泥道中颠簸，泥水扇形地从车轮下喷向两侧。

　　在蒙蒙的细雨中，车子又转入起伏不定的山区，冈冈岭岭，正是当年游击的好去处。打得赢就打，打不赢就走，善聚便散，能攻可守。当年毛泽东率领的队伍，在这一带一定打了许多仗，我们前行的车道——当年的羊肠小道上，扎着红袖章扛着红缨枪，挥舞着大刀的队伍，一定多次从这里冲过，追杀围剿井冈山的敌人。

烟雨笼罩，深黛的冈岭弥漫着灰白。不知跑了多少路程，司机提醒我们，三湾快到了。山路弯弯，茫然中觉得车子在下坡。一会儿，从雨帘的车窗外，我们望见蒙蒙的一棵樟树，渐渐地清晰起来，长长的枝杈伸展过来，宛若与远方的来客亲近的握手。

这是一棵蓬硕杆伟的大樟，枝叶森森覆盖大地，独立掌撑茫然的天空。当年，毛泽东就在这棵大樟树下集合队伍，宣布秋收起义的队伍改编的。队伍中的兵员少了，枪也少了，可这么一编，凝聚力增强了，战斗力增添了，军威重整了，从此，基层的连队似一把把钢刀，砸不垮，打不烂，却锋利地直插敌军的心脏。由一个个钢铁般凝聚的集体，在日后的万千战役战斗中，冲锋陷阵，攻无不克。人们回顾这一次次骄人的胜利，无不深情地回望三湾赋予的深厚积淀。

人们说这里叫枫树坪。四顾茫茫，唯有青黛的山峦，依稀的村庄，隐约在视线里。听说，这周围的山野原先多有茂密的枫树，不知哪个年代，枫树渐渐稀少了。如今，四野的枫树，刹那间，都浓集在这棵荣茂的大樟身上了。

大樟树根旁，有枫树坪三字的碑，它记录着历史。碑的附近，繁茂的枝叶下，塑立着毛泽东的半身铜像。他是那样的年轻，富有朝气，英豪中又透着坚韧。烽烟四起中，他感受到这支队伍肩负的重大使命，感受到了历经千山万水后中国未来的期待。现在，我们这些后来人，已经知道了毛泽东那时的艰难和他后来奋斗的磅礴，他和他的同伴们，为中华人民共和国的建立，为几亿中国贫穷百姓翻天覆地的变化，思虑谋划了一生。

雨还在下，敲落在樟叶上，一片沙沙地响，透过层层树叶滴下来，劈劈啪啪地打在毛泽东铜像的头上脸上身上，汩汩地往下淌。他如果健在，已经百岁挂零了。他虽容光不变，可久久地这么淋着，会是怎样的感受？我们是在雨中乘着车来的，钢铁和玻璃抵御着大雨的敲打；我们是撑着伞来的，硕大的伞面抗击着雨水的侵扰；我们是穿着雨鞋运动鞋来的，厚实

的胶皮围护着我们的双脚，而他呢？他始终在雨水中浇淋，他昨天在雨水中浇淋，今天在雨水中浇淋，明天他还要在雨水中浇淋，而我，我们……想到这些，我的泪水不知不觉涌落下来。我默默地过去，将伞高高举起，踮起脚尖，我想，我只能为您老人家挡得半边风雨。雨劈劈啪啪打在伞上，又打在他的那半边身上，我心中念叨，先为您遮挡这半边，让您老人家稍有歇息的时候。默举一会儿，我踮着脚尖走到另一侧，又高高举在老人家的头顶。雨，哗哗地坠落，毛主席啊，您老人家在世时，想的是多为天下百姓遮挡风雨，今天，我这个普通的从井冈山成长起来的人民军队的新一代军人，多想为您老人家挡挡风雨啊！

时间不知不觉中过去，同事们都上车了，他们回望叫我，我才反应过来。我恋恋不舍，慢慢收起伞，立定在他老人家前，深深地鞠了三个躬。

车在雨蒙蒙中向永新县城方向行驶。车内，面对倾盆大雨，大家议论纷纷。稠密的蚕豆般的雨滴射在挡风玻璃上，炸成啪啪的花，汇成刷刷的流。我心中不是滋味，脑子里全是三湾大树下毛泽东的那尊铜像，泪水又噙满了眼眶。我不敢与同行人说话，轻轻地取出手绢，悄悄地擦着双眼，又不住地往肚子里咽。现在，我们的日子越来越好过了，可那时打天下的毛泽东和他们那一代先辈、英烈，为记住他们的伟绩丰功，在三湾、井冈、全国各地的野外，塑造了许多这样的铜像、石像以示纪念，可大家想到没有，这样，却让他们长年累月的日晒雨淋啊！

我多么希望三湾那棵大樟树下的毛泽东铜像，早日移至将要落成的纪念馆中去。

鹁鸪声声

"格咕咕——咕——""格咕咕——咕——"在上海五原路小住，每日清晨苏醒，声声鸟鸣从窗外传来，清清的，含有水分的甜韵，富有情味的乐感。

该是鹁鸪吧，在我们家乡，农家人是这么称谓的。布谷？布谷鸟是"布——谷——"，布谷鸟是在烟雨迷蒙的春天叫得最嘹亮，是农家人将起衣袖，卷起裤腿，戴上竹笠，揣起篾斗，走在泥泞的秧田里播撒谷种的时候。那时，从云罩墨黛淡眉含秀的山谷里，从百回淌荡垂柳依依的溪水旁，透过雾气濛濛的空山灵谷，传来阵阵湿漉漉的呼唤声。在这声声呼唤中，暴出细芽的谷种，在农家人温暖的手掌里，在他粗壮的手指间滑行，似撒花，在半空中飞扬金黄色的流线，均匀地散落在平整细腻湿润温柔的嫩土上，麻麻点点地布局，一幅彩色的画卷。偶有鸟儿飞过，在麻麻点点的田畦里，明晃晃镜似的照见它起伏飞行的身影，还有那飘动的云霭。细溜的泥鳅噗噗地蹦上脚背，翻跳个身，又钻入混沌的泥浆中。牛蛙在远处荷叶亭立的池塘里，嘎嘎地鼓吹，无数的青蛙伏在不知踪迹的四处，呱呱声起声落，老牛犁地，间歇啃草，仰头伸脖，粗钝地嚷着"哞吆——"悠长的布谷声，还有牧童用竹叶吹起的悠扬的口哨，协奏着天人合一的旷野春曲。我记得，鹁鸪是一年四季都在山前屋后鸣叫的，尤在秋日，那"格咕咕——咕——"声响，很饱满，饱满得像圆鼓鼓的蜜橘，触一下便要冒出水来。晴朗的天空下，阳光黄澄澄的，迷迷茫茫的庄稼田地闪动着金亮亮的光泽，农家人挥镰收割，沙沙沙地，沉甸甸的稻谷醉卧在青山绿水间，醉卧在农家人的心里，这时的鹁鸪声仿佛是种优美的赞歌，声声回荡

在原野沃土上。怎么？上海清晨鹁鸪的鸣叫，与我家山野鹁鸪的叫声不同呢？是楼房遮挡的回音转折，是吸取城里的水吃了城里的饭，就叫出一种城里的声音？不会！这鹁鸪或许是从我家乡飞越来的，你听，它的声调、音韵与我家乡的是这样的相近相似，它分明还保留了稽山浙水的韵致呢！现今，城市建设是越来越快速了，在快速中也注重了绿化规划和环境治理。生灵是崇高自然的，它本身就是自然的分子。

大自然是个协和的整体。生于自然，顺其自然、自然而然才合乎天理呢。

"格咕咕——咕——""格咕咕——咕——"

这不是我家乡的那个白云山庄嘛？！在这静谧幽雅的山庄，何不赶快起来，留几点可取的文字。

| 紫 玉 兰 |

我该为门前的那棵紫玉兰写几句话了。

现在城里建板楼，大都取北门，楼道层层盘上。这样的设计，主要是为了住户多留南房。不无道理。我这个南方人，在北京工作，单位分房时，我要了个一层，且有南门。北方的风紧，到了秋冬，呼呼地往单元门里钻。我即关北门，开南门，负阴抱阳。最大的好处，稳风且南门外有花园式的绿坪，可赏心悦目。我在房前点上长江豆、小白菜，尤其是丝瓜，蜿蜒的藤蔓爬满了窗架，爬到了我楼上的二层、三层，所结的丝瓜长长的，用竹竿也够不着，便留作风景。夏日里，瓜藤如棚，为我遮阴送凉。我在书房静思写作，累了，歇下笔，就着板凳书桌，从房内开窗爬上窗架采摘，妻儿在旁指叫，别有一番情趣。

刚搬时，是冬日，大雪很快纷飞。那时，我只看到我门东、门西两棵高大的雪松，青龙白虎，雄姿秀色。葱翠托着的纯白，层层叠叠的，巨伞般向上，真有直上云霄的气势，间或喜鹊登枝，喳喳声来，满堂欣喜，一会儿，它朴棱棱地飞起，抖落几处闪动的银片来。有时，抓捏几团雪儿，与女儿追追打打，飘荡起铜铃般的尖叫和一团团云雾般的喘息。

门前的那棵紫玉兰，这时并不显眼，它仅一人多高，杆枝柔细，在漫雪映衬中，越发显得它的干瘦单薄。我还担心过，寒冷的朔风过来，千万别把它刮折了。看看那雪松，多蓬蓬勃勃大大团团的，它却在萧萧地颤抖，瑟缩在数九寒天的残酷中。此时此刻，我倒是越发地怜悯起它的单纯无助。有时，我也想，像农村那样给树杆捆上一圈稻草，可城里有的是报纸书籍，这些并非原始的东西经不起雨雪，绑上塑料纸之类，又恐沾污了

它，窒息了它，这般一日一日地，我也就罢了。

料峭的严冬还没尽去，几丝春意便染上了枝头。迎春花吐黄的时候，我突然发现寒冬里曾经数度颤抖的玉兰枝头上，那一个个小包包居然孕育出几分紫色。这紫色日日见长。有一天早晨，我打开南门，它竟然在晨风中已经绽开几瓣紫玉，刹那间，这棵小小的铁枝似的躯干上，绽放了一群热烈的花朵。风儿还有些刺面，它却在刺面的风中摇曳，像一群丰姿绰约的少女。枝摇鲜花时，嫩绿又浮上树梢。没几日，繁华的紫红灿然一片，观赏的人们也多停留在我家门前，芳香透沁扑面，醉迷了多少人的眼，荡涤着多少人的心。

我相信好花不常在。雨飘英落。我望着草面上憔悴的花瓣，心中有说不出的滋味。它经受了一冬的严酷，迎来和煦春风开放，难道又在和煦的春风中凋零。大自然这么的不公平，让它这样美好的容颜在这一瞬间消落。我俯身拾起一叠叠，放置在书房的窗台上，让春光照耀它，让它的芳香伴随我的墨香，让我的桌案上的每一个字都散发它的清醇，渗透它的纯净。

门前的草坪一派葱绿了。长豇豆悬挂在竹架上，一簇簇的，像长长的筷子，齐茬茬地飘动，饱满丰厚；鲜亮的丝瓜花上，辛劳的小蜜蜂嗡嗡地飞旋，一条条娇嫩的瓜儿，顶着黄花，毛茸茸的，羞羞地躲在硕大的绿叶里。当我采摘下几茬豇豆，颀长的丝瓜已经显现出来，像芭蕾舞演员，踮着脚尖满面春风地举着纤细的手，以绝妙的肢体言语展示着亘古的美。

农民的儿子——我，欣赏着这份劳作的快乐。蓦然回首，俏丽的微笑又躲闪在浓郁的绿中，不知何时，在这夏日里，在这棵似乎蓬勃起来的紫玉兰茂叶中又闪动出紫玉色的花朵，脉脉含情，启唇吐露数日不见的情愫。我知晓，花开花落，有生有灭。我不责怪它的隐去，今日倒惊喜起它的早早回归。花开二度，难道明媚的春光仍在，难道春的信息还在光顾，可时光分明已是盛夏。京城的雨季来临，它不像江南那样的缠绵，越剧般的薄绸细腰，嫣然百媚，雅淡悠长得让你千回百转，寸断柔肠。京城的雨，是北方的雨，是高亢激昂的河北、山西梆子，秦腔，浓眉大眼，雄浑沉稳，铿锵有力，火辣辣的奔放，让我想起西凤、竹叶青、二锅头。北京的雨，是北京的二锅头，它又是一种艺术。呼呼啦啦一阵激情的宣泄，满地的青草，满树的绿叶，满枝的花朵，都清醒明快起来，我家门前的那棵紫玉兰，是在二锅头似的激情中又奔放出妩媚的。我又静静地观赏着，安详地对视，仿佛在悄悄地诉说，我闻到了它的气息，感觉到了它的呼吸，聆听到了它的细语。我想，它是为我的笨拙而开的，它是为我粗浅稀疏的文字而开的，它让我看到了和暖的春光，它让我有了阴凉的夏夜，它让我多长了几个记性，它让我多铸了几个文字。我是吃了那一茬茬颀长的豇豆，嚼下那一条条芭蕾舞般的丝瓜，坐在桌旁享受它给予的芬芳的，感受它给予的灵性的。

炎热稍稍褪去，天色渐渐高远，白昼缩短，宵夜拉长了。凉意夜合，萧瑟的秋风不约而至。丰盈的豇豆，夏日里就败退，繁华骤长的丝瓜叶，这时也沙沙地呻吟，变了脸色。几度风劲，黄褐的叶片卷缩飘零，连同爬上二、三层的藤蔓，也啪啦啪啦地脆落下来，丝瓜苗条的身躯已经橙褐，在秋风中摇动体内的黑籽，沙沙啦啦的低吟。草坪枯黄了，衰败了，摇曳的草籽随风飘荡，寄寓未来的希冀。那棵紫玉兰，宽厚的叶儿还茂着呢！只是些许厚重深沉了，灿烂的紫玉，依然闪烁在凝重的秋色里，这时的它不像春天那样妖娆，不像夏日那样奔放，却有秋实的几分神韵，一种成熟的神韵，一种企盼的神韵。我又一次地默默注视，它也默默地注视，心颤颤的，我感念到了它的心绪，体悟到了它的期待……光阴匆匆，一去不再，人生要做的事很多很多，可人生又能做成几件事呢？！

寒风凛冽，百花凋谢，我门前的紫玉兰的叶儿，缓慢转黄，片片飘落，有了几道黄褐皱纹的紫玉，此时仍俏立枝头，却有几分的依恋与不舍。我也明白，十分的依恋与不舍，也将是分别。分别是种承载许久的苦痛，是满身眷恋的回送，像斑竹那样流尽千滴泪，也有归去的时候，何不

期待风雨后的重逢。铁骨似的躯干又在烈风中颤动，这时的我，并没再去悲悯，倒是想起了它三度花俏，已是奇观。它馈赠于我的很多很多了。它该有歇息的日子，该有蕴养自己的时光了。

就这样，夏去秋至，冬逝春来，我在那里住了整整六年，这棵原本只有一人多高的紫玉兰，长得越发的高拔俊俏了，花花相奉，紫红玉洁，伴着我家三口，伴着我的书房，伴着我的墨香，在芳香中我结出许多无籽的果，在低回中我舒展无数生命的歌。去年冬天，我又一次搬家，离开快一年了，回想起那棵紫玉兰，总有说不尽的留恋与悔意。我想，世上的诸多事不都这样：爱情、事业、修行，每每远离了，才倍觉它的珍贵。今天以深切的心情记下这，权作久远的纪念。

边陲月夜

一个静谧而又苍凉的边陲之夜。

干部战士都已酣睡，明月投抹银辉，原本雪白的墙壁，在夜色里又亮明起来。这是一个接待上级来人的房间，隔壁就躺卧着连长、指导员。三十年前，我也如他们，连队的主官，自觉也虎虎地有生气，那时我在杏花春雨江南，他们现在大漠疾风北疆。那时我们"一颗红心头上戴，革命的红旗挂两边"；现在他们军装迷彩，质地牢柔，军衔清晰，亮亮丽丽。那时，我们带领一百几十号人整日在山地里滚爬，炎夏泡钱塘江，背枝烂枪游过来游过去，似浪里白条；寒冬野营拉练，最后两天长途奔袭，一天一百二三十里，末了还要攻击，大伙端着枪嗷嗷地呼喊着冲上山巅；现在，晨曦初露，他们在一声骤响的哨声中滚碌而起，虎背熊腰，齐吼着口令奔跑在荒芜的漠地深处，五公里越野回营，上下午紧张的课目训练和布哨巡逻，晚上是你争我嚷的班排篮球赛，紧紧凑凑，有序不紊。这时的他们，沉眠在甜美的梦乡，只有哨位的战士和巡逻的士兵，仍在警惕地注视着前方。

我披上军装，悄悄地走出房间。辽阔的原野，在这里有了起伏，营区前，湖涸草浅，丛丛的茇茇草也收缩了身腰，沙石的打击，令它杆折叶断，穗穗的芦花，零零落落，如硝烟弥漫古战场中残败大军燃烧着的旗帜。湖底袒露，四周的山坡显长了，北侧营地也略呈高拔起来。气候干燥，大地燃烧过一般，只存稀稀拉拉的草根，苦苦地扎在荒莽的沙泥里。这里，原先草茂湖蓝，百鸟飞翔，天苍苍，野茫茫，风吹草低也难见牛羊，传说当年成吉思汗三千战马放入湖旁，水肥草深，马官纵骑寻找时，却不见踪影。那时的水草多么的诱人！不知何年何月，繁茂的草原变得这般荒凉，如再不控制放牧，更难抵御残酷的天象，要不了几年，这里又为沙漠了。天上明月，大地如霜，起伏的原地层次柔和明晰，又苍茫地伸向远方，幽深得没有一点动静。战士说，前些年还看到黄羊在低矮的草地上奔跑，现今消失了，连苍狼悲怆的哀嚎也成为过去。无情的变化令他们再度担忧。

营门的岗哨，背着钢枪，虽是盛夏，深夜仍有些许凉意，他们着军服，扎腰带，月光映在他们的刺刀上，忽闪忽闪的，一副庄严的模样。这里，没有晶莹透明的露珠，万千的露珠没有机遇滋润我们的战士，飕飕西北风沙，灼灼高原日烤，个个黑黝黝的。

沿着山梁，有条弯弯曲曲的小道，通向山顶的哨所。踩着碎石，咔咔的，碎了月光。两侧梁坡上隆突的岩石，似尊尊潜伏的战士，若现若隐地卧向远处。远处沉沉，沉沉地交融在迷迷茫茫难以度测的国界线上。线的那边景况？不知道。一步之遥，战士是不能跨越的，只遥知那边有高高耸立的观察哨楼，有荷枪兵士警觉的目光。同是一轮明月，映照在辽远绵长

的两边，两边却是不同的国度，不同的理念。国强民安，边陲相宁，可战士们没有忘却，这里曾经剑出鞘，弩伸张。

哨所上执勤的两位战士，一位来自江南，一位来自黄河边，今年十九岁，都是父母的独生儿，脸上还有几分稚气呢。他们的战友，来自十几个省市自治区，刚到时，风冽，唇裂，水涩，撒尿冻成柱，现都习惯了。他们想家，个把月给父母打个电话，开始流泪，后来笑，他们说笑声可给大人以安慰。我感觉到孩子懂事了，懂得疼生育养育他的父母了。入伍以来，他们没有进过城镇，他们嬉说飞过这里的鸟都是公的，可聊起边境情况，他们一脸庄严，顿时变得老成干练起来。

从哨所向下眺望，寂静的夜空下，几代戍边军人踩出的深深脚印的小道，和那延绵漫长的巡逻线，由朦胧的月色涂抹，柔柔的似一条悠悠的江水了，这条特殊的江水，犹如蜿蜒连绵的长城，巍然屹立在祖国的边防。漠天一色无纤尘，皎皎空中孤月轮。漠畔何人 照月？漠月何年初照人？人生代代无穷已，漠月年年只相似。不知漠月待何人……这何人是谁？就是把守边关的将士！这时的月下，没有了花前，没有了唐时少妇思念征人的惆怅和哀愁，只有长年戍边将士肩上锃亮的刀尖。

一个静安而又凝重的边陲月夜。

|曹溪元梅|

到昆明，住在离城几十公里的温泉疗养院。院落依凤山傍曹溪，四季如春。

与凤山相对的是龙山，龙山面对终年长流的清澈溪水，接受凤山幽静清新的气韵，看到这"龙凤呈祥"，我觉得暖融融的。像曹溪这般流淌千年的中国传统文化，在这块烟雨翠微之地，也是根深蒂固的。繁衍在这片厚土上的黎民百姓，他们世世代代像这名称那样，仿佛是种祈祷，在岁月的流程中，有意无意地传承着人们美好的愿望与深切的期待。

龙、凤两山都不高，龙山腰上有座寺庙，黄瓦红墙的辉煌掩映在绿树翠荫中，它叫曹溪寺，始建于唐代，迄今有 1200 余年的历史了。寺内有唐铸铜佛。建于宋代的宝华阁，两层飞檐轻盈且稳重，前檐正中有个圆形的窗孔，据说每个甲子有一中秋夜，月光从这里不偏不倚地照映在寺阁内的大佛身上，这样 60 年一轮的反复着，便是举世罕见的"曹溪映月"。坐落在名山秀川的宫观寺庙，大多有它的绝胜，这也许是曹溪寺名扬天下的重要缘由。我们由此可以推断，宝华阁的创意设计人，定是一位道行高深的修行者，又是一位杰出的天文学家，他掐算得如此精妙，不禁令我们惊叹。

寺庙的古老深邃，还有宋时的木雕华严三圣、千手观音、元代栽植的梅作证。这株元梅位于宝华阁的左前侧，萦绕的香烟飘逸而来，依恋在繁茂的花枝间，像一层层迷蒙的云。我来之时，香火依旧，时令已是初冬，盘根错节的梅，已经收敛了身躯，横横竖竖地清瘦着，倒是平添了几分仙风道骨。漫漫七八百年风雨的疏影暗香，浓烈地熏染着我，心似波光涟漪的曹溪水面，难以平静。我在她面前站立凝视，总觉得她的每一段经历风雨的姿体，都似发黄纸页上耐人寻味的文字，叙述着纷繁历史的逸事。

梅的主杆一枝有石垫衬，宛如风中有人搀扶。这石过于平实了。"梅边之石宜古"，像"松下之石宜拙，竹旁之石宜瘦，盆内之石宜巧"（清·张潮《幽梦影》），高洁的梅有古朴的石衬托，她的高古气质就凸显出来了。据说，这株元梅是彩云之南现存人工栽培的四大古梅之一，也是全国现存的十一株古梅中的一秀，可见它的名贵。中国梅花协会专家聚会曹

溪，给她命名为"曹溪宫粉"。这么珍稀的古梅，突然间人为地抹上一层粉黛，是不是有负她高洁的本性？

梅是超凡脱俗的象征。在寺庙播放的低回的佛教音乐中，我想起了离我故乡不远处的前人王冕。少时语文课本中曾经读到关于他求学画画的故事。故事选自《儒林外史》。王冕自幼放牛、画荷，荷花画得很神，后人见他的墨梅也非同一般，布局奇妙，行笔劲健，墨色传神，枯者见肉，润者见骨，万千姿色跃然纸上。在那以步当车、以水行舟的年代，王冕是难以从浙东漫漫长途跋涉到西南边陲的曹溪的，可他几度临风伫立在浦阳江的船头徐徐入钱塘，定会惊喜欣赏西子湖旁的株株古梅，仿佛欣赏春秋时从他家乡走出来的那位"淡妆浓抹总相宜"的西施。王冕性情高傲，隐居乡间，终身不仕，皇帝老爷遣官捧诏，用轿子去抬他，他却避入会稽山。才誉天下的这位民间画家，骨子里坚挺的仍是迎风傲雪的梅的高贵气节。

自古文人志士多以梅自喻、喻人。宋时的陆放翁，才华横溢，可在封建统治阶层向外来侵略势力委曲求和的年代，纵有赤诚博大的爱国抱负，也不为时用，凄凉抑郁之情何处倾吐？在《咏梅》中，他不无叹息："寂寞开无主。"可他壮烈的爱国情怀至死不渝，就像那孤高的梅花，"零落成泥碾作尘，只有香如故。"南宋末年著名的爱国志士、诗人谢枋得参加的抗元军失败后，潜入武夷山隐居。他的诗作《武夷山中》真切地说出了他的孜孜追寻："十年无梦得还家，独立青峰野水涯。天地寂寥山雨歇，几生修得到梅花？"明代的张岱在《陶庵梦记》中记叙，自家老屋倾塌，建造了一间大书屋，傍靠近如纱橱般的小房作卧室。房前屋后空地上栽植了一年能开三百多朵的三株西瓜瓢大牡丹，两棵海棠开花时像堆积了三尺厚的香雪，西溪梅骨古劲，云南茶花妖媚，西番莲的藤蔓像璎珞似的缠绕在梅杆上，窗外竹棚覆盖着蔷薇，秋海棠稀疏地峭立在台阶下的青草中。这个"非高流佳客，不得辄入"之处，他仍称"梅花书屋"。人们不会忘却，西子湖旁的那座孤山，那里曾经居住一位"梅妻鹤子"的林和靖。到了现代，梅花的高洁仿佛又融入了理想的豪迈，唱遍了大江南北、经久而不衰的《红梅赞》，弘扬的不正是志士仁人像梅花那样一种可贵的精神品格吗！

梅花最宜根植在僻静淡雅之处，就像这株曹溪元梅。假如她谋求显赫浮华，趋势图荣，那早已湮没在滚滚的红尘之中难见其踪影了。岁月就这般的公平，也这般的无情。我觉得她这般，值！曹溪元梅，已经检阅了七八百个春秋，也检验了七八百年的自我，在寂寞中，她还要这样数百年地检验下去，多好！

这就是一种坚贞、高古的自信。

伟 人 山

罗布泊腹地有座伟人山，多年来我一直念着它。

那是六月的一天，我们刚从第一颗原子弹成功爆响的纪念地回到马兰，便乘上越野车直奔地下核试验地。

离开营区，车子向着东南方疾驰，原野上高耸挺拔的白杨向后隐退，茫茫的绿草地一片片地迎面扑来。新疆广袤的地域上，有水就有草木，就有人类活动，就有热闹繁华的城镇；缺水处，便是荒寂的戈壁、沙漠。难怪，新疆有份大型文学期刊称《绿洲》。绿洲，是现实的美好，又是美好的期冀。

在我们的视野里，紧接着是几百里的荒无人烟。黄澄澄的厚重的苍凉，反衬得整个天空也是黄澄澄的，连成漫漫的无限怅惘。看来天气有

变。越野车在海洋般的怅惘中飞奔，不一会儿功夫，漠风卷起沙尘呼啸着弥漫过来，刹那间，原本昏黄的太阳消遁在沉沉的苍穹中，我们仿佛陷埋在黑色的世界里。沙砾暴雨似的狂敲越野车，哐哐地、沙沙地跳弹。我们无法辨认方向，只好停下。大约半个来小时，风势稍为平息，太阳在昏迷的天幕上模糊出一个印影，我们的越野车又缓缓前行，这时，我们隔窗看到，远处戈壁升起一柱巨烟，直愣愣地窜向天际，又旋卷着在天地间移动。此时此刻，我恍然觉得"大漠孤烟直，长河落日圆"的景致，不是古代诗人的奇思妙想，而是自然界实景真情的生动写照。

车子还在有条条轮胎碾磨成槽的茫茫戈壁上奔跑。我们清晰地看到相距一段路有几块碑石，上面赫然刻写着鲜红的大字："永久性沾染区"。陪同告诉我们，那是当年的地下核试验处。我心不禁震撼，昔日千军万马涌动、全国上下欢呼的动力，竟发自这么一块僻远而又荒芜的地方。

越野车突然停在一座小山前。我们下车四顾，陪同对着寸草不长的灰秃的酥松山体说，这又是一处试验地，那时坑道掘进，核弹在山的深处试爆，炸得整座山都跳起好几米，震得有的国家的决策者心里发怵。在纷繁的国际舞台上，他们总是千方百计地打压我们，而我们新生的中华民族，却像远方的大山那样巍然屹立。

"大山，是中华民族精神的象征！"一身戎装的基地军人指向那座横亘大漠深处的大山说，"那，我们就叫伟人山。你们看，整座山体，多像毛泽东仰卧的模样！"

这时，风止云静，天晴朗明。山显得那么的壮阔、清晰，好像一下子拉近了许多。我们放眼望去，横卧的山型，徐徐呈现出毛泽东的容颜，饱满的天庭，高挺的鼻梁，微合的嘴唇，背梳的头发，与整个丰满的面部、起伏宽广的胸襟，自然和谐地融为一体。我们情不自禁，一次次地喷出声来，躺卧着的毛泽东老人家的形态是那样的平和，那样的亲切，那样的安详，我从心底说出："大自然竟有如此神奇绝妙的景象！"

陪同告诉我们，这还是基地司令员的功劳呢！他说，司令员是上世纪五十年代第一批开进这块像浙江省面积一般大的核试验领地的部队成员，那时他是工程兵的一名技术干部，他们扎帐篷、建营地、立铁塔，挖地道，在茫茫的旷漠中建成了我国的核试验基地，为我国第一颗原子弹、氢弹的试爆创造了先决的条件。核爆的成功，使中国人民在世界民族之林中腰杆挺得更为硬朗。那时，司令员他们虔诚而又坚定地认为，毛泽东的话就是巍巍的标杆，立在理想的前方，必须不懈地去追赶、去奋斗。他们风餐露宿，昼夜奋战，一次次地完成了艰巨的试验任务。成功令他喜悦，理想让他心胸大漠般的坦荡，肩膀大山似的崇高。毛泽东的逝世，司令员悲痛了很久很久，他决定一辈子扎根戈壁，让这身骨肉贡献给固国强军的事业。有次，他出差到北京，首先去毛泽东纪念堂瞻仰老人家的遗容。几天后他回到基地，回到了地下核试验地的官兵们中间。这时，他站在这座正在掘进的山体坑道口，眺望远处起伏连绵的大山，突然惊喜地发现，那山不正像在北京看到过的毛泽东主席安详平和的形象吗？！啊，毛主席他老人家不正是和我们指战员终日在一起，静静地守护着这片神圣的土地，护卫着祖国的壮丽与尊严吗？！

伟人山的美名一下子就这么传开了！

从此，基地的指战员每有余暇，总要到这里来，怀着崇敬的心情，远远地眺望这座巍峨的大山，眺望远在天边近在眼前的这座毛泽东的卧像。当一轮喷薄的红日从大山上冉冉升起时，整个试验场到处是金灿灿的辉煌，生发着蓬蓬勃勃的一派生机。

听说南海有座"毛公山"，形态酷似毛泽东，国内外慕名瞻仰者络绎不绝；河北赤城也有座伟人山，我曾伫立在明时朱棣北进打败外敌侵扰的高高的山岭上遥望，那形神兼备的景象，也触动了我的心灵。我感觉，就磅礴的气势、逼真的形象，罗布泊那座为最。

在罗布泊腹地发现、欣赏伟人山，是现代军人的一种广阔胸怀，又是神圣使命的一种再现与延伸。有位军旅作家说过："为了避开世界，我们筑起了墙；而为了接近世界，我们又在这墙上开了窗。为了和平，我们宣

称要消灭战争；而为了最后要消灭战争，我们又不得不拿起枪。"为了不让具有大规模杀伤力的核武器残害人类，我们不得不拥有核武器；为了人类的永久和平，我们必定最终消灭核武器。

青海海晏美丽的金银滩上，曾经有座神秘的核武器研究院——原子城。这座与罗布泊试验基地同时由我军建造的城池，如今已成为人们悉心游览、回溯历史的一块胜地。大好河山是留给人类的，人们总有一天会自由地往来于如今仍是军事禁区的罗布泊那块神秘的领域，撩开红盖头般美丽的面纱，欣赏那青春少女般清明玉洁的孔雀河，仰望那雄伟壮丽、勃发光彩的伟人山。

老 槐 树 下

电影《地道战》中，有个镜头深深地铭刻在我的心里：高老庄那棵高高的老槐树。它那挺拔的躯干，粗壮的树杈，茂密的枝叶，像条盘龙从天而降又若飞升；还有悬挂在槐树上的那口铜钟。在夜深人静、村民们安然熟睡时，我们高老庄的党支部书记、人民的知心人高志忠还在巡视，他突然发觉偷袭的日本鬼子悄悄进了庄，在这万分危急的时刻，他毫不犹豫，匆匆地跑向槐树，鬼子揣着枪追赶，高志忠鼓点般的脚步声在影片急剧的乐曲衬托下，更让人焦虑、紧张。高志忠终于巍颤颤地跑到了老槐树下，拉起绳子，响亮的钟声飞扬开去。全村的男女老少都被这突如其来的钟声惊醒，纷纷拿起消灭敌人的武器，转入地道。敌人残酷的子弹射向我们可敬可亲的高志忠，我们仿佛看到鬼子的那颗罪恶的子弹穿过热血奔腾的高志忠的身躯，带着鲜红的滚烫的血迹，又射向了那棵巍然耸立的古槐，在古槐巍峨的肌体上，留下了一个永不消失的带有血痕、绿汁的焦黑的弹孔……

前几天，"高传宝"带我们到 1965 年拍摄《地道战》的河北清苑县冉庄参观。当年陈旧的冉庄，如今已经是比较繁华的镇政府所在地。抗战街与古槐路纵横交错在古老的冉庄中，如上世纪四十年代抗击鬼子时的模样，保存下来，作为冉庄地道战纪念馆的重要组成部分，村民们又在旁边开辟一块地域，建造了崭新的富有朝气的新冉庄。当年与扫荡的日本鬼子周旋，展开了轰轰烈烈冀中平原上著名的地道战，所利用的民居、庙宇、磨坊，随同它们身上的射击孔、观察孔，五花八门的出入口和地下迷宫般纵横穿梭的地道，已经作为全国文物重点保护单位，永久性地为人们参观、学习、瞻仰。一批批的游人纷至沓来，参观当年冉庄人民为了生存展开艰难而又顽强斗争的场景地，感受中华民族的优秀儿女生生不息、前赴后继的伟大精神，欣赏雄伟壮烈、气贯长虹的奋斗换来了今日的平安、繁荣的盛景。

我们来到老槐树下。

两棵苍劲的古槐，相依挺立在一起，两人合抱不住的粗大树干，向上强烈、坚硬地展开着它的分支，傲然地伸向苍穹。当年蓬勃的繁枝茂叶已经消失，只留存躯干，更显它的倔强、坚毅、挺拔、不屈。我问著名表演艺术家、《地道战》男主角高传宝的扮演者朱龙广，他说拍《地道战》时这树叶长得很好。冉庄地道战纪念馆负责人介绍，这两棵古槐已有1500年的树龄了。我肃然起敬。想起当年开展地道战时的冉庄人民，想起壮烈倒在古槐下的"高志忠"，我的心不由自主地沉重起来。

冉庄的地道，开始是为了藏身，后来发展到相连并适用于作战。我们在蜘蛛网似的地道中穿行，如不是导游带路，根本辨不清方向，也找不到出口。过去的地道，直到拍《地道战》时，还只是猫着腰才能行进，为了便于旅游，现修成可立身行走了，但仍然是玄关重重，需谨慎慢行。地道

中有四通八达的巷道，有人们意想不到的进出口；有奇妙的陷阱，潜低回流的防水道，可以关闭、转流的防毒气道和悄然上升疏散的硝烟消气孔；有堂皇的人员结集处、会议室，有能制造、修理一般武器的兵工厂……冉庄人民当年巧妙地运用地道，沉重地打击日伪军屡次扫荡，在战火中，用自己的聪明智慧创造了惊天动地的奇迹。

"各小组注意，各小组注意，打一枪换一个地方，不许放空枪，开火！"随着电影中朱龙广扮演的这位英姿魁伟的高传宝的命令，一连串"开火！""开火！"的口令传向四面八方，一场雄伟壮阔的战斗打得沸沸扬扬。

高传宝的这段话语，与刘江的"高！实在是高！"成为《地道战》中的经典语言，在以后多次抗日战争胜利纪念日的重大活动中，朱龙广都以洪亮铿锵的声音为大家现场表演这段台词。我们从地道中上来，钻进一座稍高一点便于观察的民居时，发现了这根油亮的竹筒，我即上去，学着"高传宝"的神态、腔调，对着筒口发出了这个指令，可我这江南人的细调柔音，哪能与长得那么帅、那么精神、音质又那么浑厚的"高传宝"相比哟，只能引来大家的一阵哄笑。朱龙广和他的夫人吴惠芳，是工程兵文工团演员，一个在话剧队，一个在舞蹈队，拍摄《地道战》时朱龙广26岁，吴惠芳19岁。吴惠芳在电影中扮演一般的女民兵，那个从地道爬梯子上来，裹条白羊肚头巾，穿件黑白格子上衣，腰间扎根皮带，提只装有手榴弹的篮子的人便是。吴惠芳说："那时导演叫我向街上扔手榴弹，我动作总是太大。"我说："你是舞蹈演员，动作舒展、柔美，可那是打仗，是战场。"吴惠芳笑笑："导演说你干嘛使那么大的劲，你在高处，手榴弹从这小眼是拉线塞出去就完事啦！"她的话，又引来大家的哄笑。

"是不是那时候你就偷偷地看上了'高传宝'？"我以调侃的语气问吴惠芳。

一帮姐妹哗然，吴惠芳微微一笑："哪里，那时候我还小。"

"还小？多少姑娘围着朱龙广，他独独瞄上了你这年纪小的？"

"还是咱吴惠芳有魅力，看顾长的身材，天生的丽质，让那'高传宝'一看……"有位姐妹在旁边做着挺胸的模样正说着，另一位姐妹就紧接话茬，"看上了，就拔不出来啦！"

笑声又回荡在我们的周围。

从七拐八弯的地道里出来，我们又你一句我一句地询问朱龙广当年拍摄《地道战》的情景，朱龙广当然是兴致勃勃，好像又回到了四十多年前的情景："那时，一大帮演职人员都吃住在冉庄老百姓家，有的睡炕，有的睡通铺。冉庄人民对我们可好了，热情得像当年迎接八路军那样迎接我们。这次我想到房东家去看看，多少年来我真想念他们呢！"

"我们跟您一同去！"

路上我们说说逗逗。来冉庄参观游览的人们有的认出了"高传宝"，上前探问，朱龙广认可后，他们顿时兴奋地请朱龙广合影。在参观穿满弹孔的街景时，有群如花似玉的年轻女子在旁指指点点："那是不是《西游记》里的如来？"每当看到这情景，我总是第一个说出口，又积极地引导朱龙广与她们站在一起，朱龙广如来佛那样平和慈善大肚地微笑时，相机咔嚓一声又咔嚓一声，这群姑娘仿佛从他身上得到了"真经"，笑吟吟地与我们挥手道别。

经过几道街弯，看到了房东的老屋依旧在绿树青草之中，但人去房空。听街面上人说，他们已搬进新屋。我们在朱龙广的比画间找到冉庄新区的老房东，朱龙广大声吆喝，见面时双方激动的面容在金色的阳光中闪烁着亮晶晶的泪花，当年蹦蹦跳跳的小姑娘，如今已做奶奶了。她将身边的儿子、媳妇一一介绍给朱龙广，又将当年的"高传宝"们在家居住的情景叙说给儿孙听。

我环视房东的新院，用红砖整齐砌成的新屋，比老房高出一倍，明洁的玻璃窗敞敞亮亮的，门口的两棵柿子树上缀满了沉沉的红通通的果实，在太阳下闪闪的，格外显眼。屋顶上金黄的玉米堆砌成一排排，与四邻屋

顶的金黄玉米呼应成一片金色的海洋。

这时老大妈从屋里走出来。当年她是位嫂子，如今已近米寿之年。她看到女儿还没请大家进屋，就嚷嚷起来，女儿顿觉失礼："快！快！请屋里坐！"

朱龙广夫妇进了房间，我们几个仍留在农家种满瓜果的小院里。院落安宁、清静、温馨，干干净净的，边上还种着几种鲜嫩的蔬菜，一群家鸡关在大笼子里，色泽艳丽的壮实的大公鸡，面冠涨得红红的，一声嘹亮的啼鸣，引得旁边的母鸡、仔鸡咯咯的欢叫，好似奏响了一支热烈盛情的迎宾曲。

年轻夫妇赶紧采摘挂在树上的鲜红的柿子，在门前树下的自来水开关处慢慢冲洗。坐在树下的小板凳上，手捧熟透的晶亮剔透的红通通的柿子，我真舍不得将嘴抿上去，我仿佛想起了六十多年前在这冀中平原与扫荡的日伪军周旋的"高志忠""高传宝"们，他们这时是握着枪杆藏在深深的地道里，还是在青纱帐收运已经成熟的玉米。秋收的季节，鬼子要来抢粮，那时平原的八路军、老百姓能像今天这样的毫无顾忌的收获，又将金黄的玉米晾晒在平平坦坦的屋顶吗？"高志忠"他们有这样的余暇和心境在院子里静静地品味自家鲜红柿子的甜美香醇吗？

"真甜啊！"哧溜哧溜吸吮柿子汁的响声与人们的称赞声，将我的思绪呼唤回来，端详着皮如蝉翼甜汁汪汪稍有不慎就会从手上、指间、我们的生活中流失的美好的果实，我倍觉它的珍贵。我缓缓地低下头，以虔诚的敬意轻轻地亲吻婴儿般细嫩通红的硕大的柿子，泪水不知不觉间落在它的上面，在阳光下像两只清亮的眼睛，与我对视着……

下午，"高传宝"又带我们去邻近的李庄。《地道战》的外景战斗是在李庄展开、拍摄的。雨后，李庄的道路泥泞，面包车在低洼的泥水中颠簸。李庄的村路不如冉庄，冉庄的路已用砖块矗砌，干净收水，经得起几代人的踏磨。新村新房的道路也大都用水泥路面沟通，这得益于地道战纪念馆。地道为历史付出了代价，也为历史赢得了信誉。

老房东铁木大哥听说"高传宝"来，匆匆从地里赶回，七十有几的身板依然健壮结实。我们坐在他的新居里，他的媳妇又是酸奶又是苹果地端到我们面前。铁木大哥情不自禁地向我们说起那时的情景："那时朱龙广这帮年轻人住在我们家，早上起床就打扫院子、挑水，把我们家弄得那真叫干净。有次我砌猪圈，他们硬一把泥一把粪地把我们家的猪圈砌得那真叫好。老八路的作风啊！真叫我们感动！要收麦子了，我们李庄沙地多，只能拔，有天我清早起来，他们却已经拔了好多麦子，堆在院场上啦！"

　　朱龙广与铁木大哥交谈得很热烈。

　　"那时条件不好，现在你们该在我们家住住，现在的生活"，铁木大哥指指桌子上的一大堆酒盒、老人滋补品，激动又自豪地说，"我中午、晚饭每餐都要喝二两，不多喝，这样天天喝也喝不完啊！过去缺吃少穿，现在的饼，里面是油，外面也是油，餐餐有肉啊！这日子过得……"

　　铁木大哥头发花白，面色红润，挂满幸福的笑容。他对部队、对军人的那种深厚的情谊，对现实生活、对于未来的那种感恩之情也深深地熏染着我们。

　　时间不早了，我们要回冉庄，铁木大哥一把拽住朱龙广："不行，我儿子正在保定赶回清苑的路上，他自己开车，很快，一定要见个面，他小时还吃过你带来的奶呢！"

　　…………

　　这天夜里，我们住在冉庄"高传宝之家"的小院，男女分睡在两边房间的炕上。这些当兵三四十年的老军人，又重温了当新兵时的那种亲近感、亲切感，通铺一溜儿地排开，头挨头，脚碰脚，少了那时的精干，多了现今的呼噜，倒是增添了一种新的无以名状的情趣。

　　第二天一早，我独自又来到了老槐树下，仰望它衬映在蓝天白云间的雄姿，抚摸它弹孔累累、伤痕斑斑的身躯，心里一股股热浪涌上来，真的，我有好多话想说，又不知从哪说起。心猛然一动，赶紧跑回小院，呼叫"摄影家"。

　　在老槐树下，我对"摄影家"说："你一定要把老槐树的高大、坚挺给拍进来，我要传给我的孩子，还要给她讲讲曾经发生在这里的一些故事。"

第二辑

魏巍巍

回想

|致画家战友应青|

　　你收到拙作《山野漫笔》，"把书放在枕头边，一篇篇地阅读、欣赏，让山野清新的风吹拂我的心田，让山野的清泉滋润我的灵魂。"老战友亲切、热情的话语令我感动。我是一个山民的孩子，虽然胸襟中鼓荡着一股艰辛而又淡静的云烟，却始终是在同学、老师、战友、亲朋的扶携、帮衬下，一步步前行的。每当走过一段路程抬头望视，一双双激励的目光总是闪烁着晶莹，透射出亢奋精神，这种激励的目光，亢奋的精神，就像一根粗壮的绳子，齐力拽拉我在文学的道路上不断进取。

　　记得我们是在1968年柳芽刚刚报春的日子离开金华一中，穿上军装，走上报效祖国之路的。在我们紧握枪杆穿越弥漫硝烟，扛起锹镐走进崇山峻岭的岁月里，也没有放下手中的笔，在铁打的营盘磨砺坚强的意志，在流水的兵中倾吐复杂的心曲。渐渐地，你的流淌着浓浓兵味的军旅画作，频频出现在各种报纸杂志上，让我耳目一新。我们曾在小竹泥巴编糊的低矮的油毛毡棚中彻夜长谈，在那文学艺术荒芜的岁月，我们是多么企盼百花盛开的暖春的降临，可是，这种境况直到上世纪七十年代末才有转机。

　　那个时候，军队恢复办学，你从部队调进军校，你的艺术人生展现了一个新的视野。从军校转到地方，生活又有质的变化，但你对艺术的追求，对山野的那种深沉的钟情，始终没变，而是越来越浓烈，越来越占据你绘画创作的主线。在大自然中感受生命壮美的同时，又深切地体验现实生活带给的时势豪情，挥毫泼墨，创作了国画《赤壁》《江峡雄姿》《九峰耸秀》等一批山势雄奇、云海缥缈、林深葱翠、绵亘峻峭、融景观与心意于一体的巨幅大制，墨法上，浓、淡、破、积巧妙融汇，极其自然。从这些作品中，我感觉到，你继承并拓展了传统的艺术手法，从偏重于生活的表现转为注重神意的勃发，从开掘现实的美感升华为抒发画家内心深度的丰富情感，在豪放粗犷的线条中显魂魄，在细腻涓柔的润泽里见精神，这是个自然的精华表象，又是你与天地往来的回响，是你气与血的凝聚，又是你情与思的吟唱。

你在来信中写道："我是从山野走来的孩子，从家乡、学校、部队，到地方，从童年、学生、战士，到文化干部，我喜欢和山野打交道，可谓情系青山。虽然长期工作、生活在城市，但只要有机会，就到山野转转，亲近大自然，和山野拥抱，与清泉接吻，跟山风谈心，与山花调情。有时也写点生，照相机是随身带的，把山野的点点滴滴，清纯、烂漫、风采，装进记忆卡里，输入电脑中，慢慢再回味。"你对山野的这种亲密情感，与我息息相通。你是以不朽的画笔，给予我充足的视觉图像，在情趣盎然中又为我提供了丰富的想象空间，你的《硕果》《希望的田野》《矫若游龙》《春江鱼乐图》等，以素朴的哲韵，为我们传达了"情与景会，意与象通"的心象境界，看是盈尺小品，却尽精微致广大，体现了物、景、境、情、心的有机融会。

这些一首首优美、精致的诗篇似的画作，得益于你长期生活的自然天趣。明人袁宏道说过："趣得之自然者深，得之学问者浅……山林之人，无拘无缚，得自在度日，故虽不求趣，而趣近之。"（《叙陈正甫会心集》）道在自然中。从你的一幅幅或苍润沉雄，或淡雅精妙的画作中，我又一次深切地感受到这一点。

你让我代问好的陈章永，是我们同时期从绍兴一中走入军营的。他近十年大多时间沉迷在家乡的山野中，在那里生活，创作。从他送到北京参

展的作品可见，充满自然情趣的画面上荡漾着浩瀚的意韵，它多层面地展示了画家丰厚的情感世界，又向观赏者提供了无限的美感享受。听说有位省委领导打电话想去看望，却被他婉言谢绝了。这让我想起他家乡元末明初时那个放牛娃出身的画家王冕，皇帝下诏用轿子去抬，他闻之却躲避到山野中去了。王冕学画的这则故事，在《儒林外史》的开篇中有记载。陈章永是否受家乡先贤的影响？不详，但我总觉得他的那种不懈的追求探寻的精神，和那种不为名利所重、潜心艺术的品格，恰如隆冬旷野上傲然挺立的一棵松，让我钦佩。

前段时间我曾回故乡义乌，本想趁此到当年李白、崔灏、李清照、赵孟頫等走过的那条道上去寻访你，到他们唱吟过的八咏楼上与你畅叙多年不见的思念和对当今文学艺术的感怀，同时又作为对你来信的回应，可京城数次长途电话催促，有事要我返回。待我处理完事务提笔给你回复时，确感太晚矣！歉疚之余我也想，寒冷的冬天已经来临，何不期待春暖花开的明媚春天，到那时，我们再相聚在酒仙曾经临风举觚的楼台上，易安曾经喟叹"只恐双溪舴艋舟，载不动，许多愁"的婺江滨，或者就在八咏楼下你的丹青轩，沏壶香茶，煮上老酒，散漫地品读重峦叠峰的雄奇群山，繁茂清澈的丛林响泉，烟雨迷蒙的湖光塔影，寥若星辰的行者先贤，或欣赏山野间晶莹剔透的紫葡萄，江河中吞吐八荒的游鱼，山塘里香远益清的莲蓬，夕阳下老牛归途中牧童的笛声……我愉悦的心灵随着你笔下的物象，定会进一步的净化、宁静，情感的体验，定似那黄滕酒旁的红酥手，牵着我走进神圣的艺术殿堂。

余言万千，容后再叙。

|用自己的头站起来|

几十年前家乡的小镇上，那天，我到街面去凑热闹，街不宽，街角有块场地，黑压压的大堆人群，窥见圈内一老头满面红光，白须飘忽，恭手言语，嘈杂中听不清。倏然，只见他弯腰，头顶地，嗖的一下倒立起来，两手平伸，双腿并直挺立。

围观者一片惊叹。

神奇的是，老人两脚一蹬，来了一个倒立转体，刷刷地接连数个。霎时，掌声、喝彩声爆竹般地响起。

我真为老人担心。头盖贴地，花白的发须散落得让我辨不清他的真面目，红红白白的模糊在一处。我希望他马上翻过来，还给大家一个正面的形象。

可老人没有就此收场。围观的人们越圈越多越往里挤，拥过来，拥过去，那股蛮劲稍为使过了，就会呼啦地倒塌过去。老人没有在意，是不是倒着看不见？正在我揪心之时，老人的腿自如地一勾，又一勾，头在地面竟然从容地像脚那样挪动，仿如行走……

群情顿沸，我被挤在人堆中，看到的都是衣衫与头颅。待有缝隙见老人，他已作揖致谢。

我为老人捏了把汗。

后来，我听说道家、佛家的练功。练成此功，青石板砸头，板石碎骨粉身，头却无妨。可那时眼见的毕竟是华发斑白的老者。街头卖艺的，大多是年轻人的把戏。

人群渐散。钦佩感、惊奇感的驱动，我决意问问老人。

"师傅，倒立有什么好处？"

老人微笑，没有答话，两眼蓄满和善、睿智。

我陷入尴尬，却分明感到他是那样的亲切，那样的和蔼，仿佛是见到了从未谋面、仅在老祖母口中常常念叨的爷爷。我期待着。他的目光，像两只温暖的手，抚摸着我。

老人默然以对，又似表达。

蓦地，我想起祖母的话，"人老脚先老。"老人常跌摔，是脚力不济。身子每天行走，脚始终负荷最重。可脚离心最远，血脉最长。沉重的负载与欠缺的供应，极不公平地落在它身上。这种长期的反差，怎不让腿脚未老先衰？！练功者，是不是让头足颠倒，互换角色，使气血在放松中有新的转机、舒畅呢？

那是生命科学。

我渴望着什么？

老人没有嫌弃我的无知，终于开口，轻轻说道："人，用眼睛看清太阳下的一切，却看不见眼睛后的自己。"

我怔住。

老人的目光仍然温和，语气徐缓："看清眼睛后自己的是心。"

仰视他，我胸中忽地点燃一团火。

"看清自己才有觉悟。"老人稍有停顿，"其实，人，靠自己的头，才能真正地站立起来！"

我顿有感悟，即刻跪叩。待抬头，老人已经飘然而去。

春雨中的思念

　　清晨，雨淅淅沥沥的，落出满地的水烟。这是京城的第一场春雨。渴望已久的大地，仿佛这时才猛然清醒，袒露出它那绿茵茵诱人的面容来。

　　在这亲切的雨声中，我接到开明从盐城打来的电话。他通报了纪念叶英文集的约稿进度。说起叶英，我倒想起孟良崮战役。在解放战争时期，孟良崮战役属著名战役之一。在这场战役中，我军有支精锐的穿插部队，出发前每位指战员身上多带了几把炒米。这支队伍勇猛无比，像一把钢刀，飞快地插向敌军的联结部位，分割他们的中坚力量，让我军的机动纵队，迅速包围孟良崮，围歼国民党嫡系王牌张灵甫部。穿插部队贵在神速，没有时间停歇野炊，就凭借这一把把炒米，昼夜兼程，日行百余里，几天插到目的地，构筑工事打阻击战，胜利完成化东野战军赋予的战斗任务。可是，他们没有想过，这些炒米来自何方，也许只有少数指挥员和后勤供给部门的将士知晓点滴来路。战役发起前，部队急需的几百万斤的粮食，是从苏北盐阜地区抢运过来的。他们谁也不知道，在盐阜地区，有位叫叶英的同志，在敌军的眼皮下筹集这批宝贵的粮食，从水路北运，转来山东战场。

　　叶英抢运军粮的故事，是开明前段时间寄来的叶英烈士传略《盐阜大地的骄子》中记载的。开明是我就读解放军艺术学院时的同学，那时，我在文学系，他在文化工作系。其实，开明 1966 年就毕业于中国人民大学哲学系，已在解放军洛阳外国语学院任宣传处长，为了感受文学艺术，又走进了艺术院校的殿堂。那时，我们文学系的同学，白天听课，晚上拼命写作，有时也应邀观看戏剧系同学自编自演的小品、话剧，让我们提提意

见。在文化工作系就读的开明常来串门，有次他拿了个中篇小说草稿来，令我惊讶又生敬意。就在那段时间，他接连写了五个中篇，这就是日后花山出版社出版的他的中篇小说集《绿月》。学业完成后，开明回洛阳，任学院中文系副主任，后转业盐城，不久又调南京省委机关。工作之余，他勤奋写作，出版了数部长篇报告文学、人物传记，让人振奋。就其文学性、艺术性而言，我始终觉得他的中篇小说是个好路子，如果他将小说创作进行到现在，凭借他的才情与勤勉，该是一番可观的景象了。文学这东西，要耐得寂寞，慢慢地磨砺。一个作家，不在乎他作品的多少，而在乎作品的质量，在乎作品的艺术感染力和生命力。

几千字的传略中，我好似窥见了叶英高大英俊的形象。这位1920年9月出生于阜宁乡村的农家男儿。在那时的社会环境中，全家省吃俭用，支持他一人读到县中毕业，是多么的不易。他十分珍惜读书的机遇，认真刻苦，成绩优异。在进步思想的感召下，投身革命，在他的带动下，全家七个兄弟，六个先后参加革命队伍。叶英主要从事金融、财政、民运工作，这也艰难。一九四七年春，国民党军队集中兵力进犯我山东解放区时，敌军孙良诚部在苏北配合，进行大规模的"扫荡"。正在这"扫荡"的情势下，叶英以五地委视察员的身份，指挥运粮，每天运出大米六十万斤左右，供给驰骋山东的华野孟良崮战役的部队。在敌人将要侵袭的那天晚上，他和其他领导一道紧急商定，提出"不给敌人一粒粮食，誓与百万大米共存亡"的战斗口号，连夜突击，碾米机声隆隆，百余条民船抢运。待敌军从陆上向阜宁方向推进时，我满载大米的船队水路与敌同向竞发，待敌发现，船队已过阜宁城。

"文革"时期，是个文化荒芜的年代，学校停课，书刊禁忌，电影仅放《地道战》《地雷战》《南征北战》。《南征北战》中部队抢占摩天岭的战斗，至今记忆犹新，那是正面战场的视觉语言，张灵甫部在那场战役中被歼，而战场身后的万千工作没有铺展开来，这是艺术的集中突出的表现手法。我很惋惜在现在的影视画面里，没有表现孟良崮战役中那支穿插部队在"飞毛腿"似的行进中多吃一口炒米，提前抢占预设阻击地域的紧张情景，更没机会看到叶英他们深夜抢运支援孟良崮战役的粮食，在扬帆运输的小船上悬着心闻听敌人追击枪声的形象。

窗外的春雨还在落。我的心随着张开明、徐立清的文字，在这淅淅沥沥的声响中仿佛回到了六十年前的这个时候。他们所叙述的叶英，在春雨潇潇的四月，又转入苏皖交界处发动群众，征粮支援前线部队。国民党军一方面妄图包围我军主力，另一方面又千方百计地寻找并围歼征粮队伍，以期断我后路。在国民党军重重围困之时，叶英所在的四屏山工作队决定分组突围，他率领三十多位队员负责掩护。他们与敌军展开了激烈的战斗，可他们毕竟不是野战部队，也没有强大的火力配置，仅有的只是每人一支短枪，无法与敌正面交锋。他们掩护其他两队迂回突围的过程中，与敌巧妙的周旋。战斗持续了一天，我增援部队还未赶到。在弹尽路绝时，与敌徒手搏斗，三十七名工作队队员，全部壮烈牺牲。叶英的英姿永远屹立在敌军喷射过来的枪火中。

战斗不分前方后方，牺牲不辨军人还是民运干部。二十九岁的叶英，与他同有一副青春年华、同怀一腔美好憧憬的三十六名年轻的工作队队员，一起倒下了，倒在了那片鲜血染红的大地上。他们还有许多瑰丽华彩的事业要做，人生还有许多梦想与期待，他们慈祥的父母和多情的妻子正翘首企盼着他们的回归。就在这个时候，他们倒在了那一声声清脆的枪声里，倒在了那一句句愤怒的呐喊中。

战争与灾难，几千年来总是困扰着我们这个民族。当然，我们中华民族是在不断的困扰与醒悟中前进的。时光像箭一般的刹那间穿过了六十年。六十年后的今天，人们仍在回想像叶英那样为我们的民族的文明进步而奋斗的一代人。这种回想，对于叶英，是我们的一种深深的怀念了。这种怀念，像窗外的春雨，细柔，绵长。人们在这细柔、绵长中又品出个中的延绵、坚韧。这种延绵与坚韧，对于我们，对于我们这个民族，是一种永远的存在，也是一个永远的话题。

|与熊相处的日子|

黎明前的那一声枪响，多少年来始终响在我的脑海里。

上世纪六十年代的最后一个冬天，特别的寒冷。那时我国北疆形势紧张，迫使部队加强了训练。来年初春，我部接到命令，在飕飕的寒风中野行拉练，向苍茫的神农架深处进发。

雪花零零落落地飘舞，满天灰蒙。周际的麦苗、荒草、河道，起伏的山冈、树丛，显得格外的萧条、凝重。队伍几天几夜在乡间的小道上奔袭，直逼陡峭的大山时，一长溜解放牌大卡车，从河道上哗哗地犁开水，追到我们身旁。指挥员即令我们上车。车辆在森严的峡谷间逆水而进，两侧险峻的山岩仿佛要塌压过来。河床不像山外那般平缓，车子为躲避巨石，东拐西扭，颠得有的战士呕吐。有些地段实在过不去，指战员们跳入冰冷的急流中，翻滚石头，硬在水中辟出一条车道。就这样，夜幕降临时分，我们进入了神农架原始森林的腹地。

就地设营，帐篷就安扎在巍峨的山脚下，奔流的河水边。

雪还在飞扬，山上已经花白，山下倒显得纯静。几天的疲惫都化作呼呼的沉睡，虽有几分寒意，大家拥挤在帐篷里，并没觉得什么，如果不是这一声清脆的枪声，我们怎么也不会迅捷地从地铺上滚碌起来，穿上衣裤，端起冲锋枪，箭一般地射出篷子。这时，我们听到的只是哗哗的水声和嘈杂的跑步声，还有个别战士被河卵石绊倒又爬起的动响。待我们赶到出事地点，只见一只肥大的黑熊倒在雪地里，透过微明的银光，看见一淌鲜血印在雪白之上，莹莹地闪着幽蓝。我们从未见过这么大的熊，像农村翻倒的一扇门板。这时，它还没死，两眼透露着痛苦与悲悯。它几次挣扎，想站立起来，几次都砰然倒下，再也无法显现它往昔的威严与雄壮。两只熊崽嗷叫一阵，唑唑地依偎在大熊身边，咧着小嘴，惶恐凄怨。

听哨兵说，他执勤时，听到老远的雪地上有吧嗒吧嗒的声响，心想，天还没亮，这深山老林还有百姓来窜河滩？白天进山，一路没见山村农寨，几十公里没有人影，难道会有人趁黎明前我们熟睡时袭击？他趴在雪地上静候。叭答声越来越近，还夹有细碎的杂音。 这个方向，已没有队伍，领导查哨也不是这种脚步声。当他发现有个老大的黑影向帐篷这边移动，还尾随两个小点时，心绪骤然紧张起来：不是伪装之敌，便是凶猛的野兽。待他看清黑熊带着两只小熊直向刚刚设下的营地而来，紧迫之时，瞄准大黑熊，食指扣动了扳机。

这一枪，在辽远深幽的神农架原始森林中清脆地回响着；这一枪，惊醒了在河滩上设营的部队，霎时都进入了战备状态。

我们连队的人马荷枪实弹地围在大熊四周叽叽喳喳地议论着。有人赞许哨兵的机敏，有的觉得有所后怕。这时，两只熊崽呻吟着，小小的舌头舔抚母熊身上那个枪伤处涌出来的鲜血，红迹已经糊涂了它们的小脸，可它们仍在不停地舔着，仿佛这样能安抚母亲的痛苦，挽救母亲的生命。

那时，人们是多么的愚昧和无知，不但对野生动物缺乏保护意识，在报刊上还把在野外打死老虎、金钱豹的事当作英雄行为宣传。部队有纪律，不准随意放枪。连长跑过来说， 这事已向上级报告，以后不允许擅自枪杀野兽。

我们每天在茫茫的雪地里滚爬，在几乎不透风的密林中穿行。我们这些南方兵，从没经历过这么厚的积雪，也从未经历过如此寒冷的初春。在盈尺厚的雪域里，就想珍宝岛，想乌苏里江，想那片雪原上的枪声、马达声。一天累得真想趴下歇憩，可回到帐篷放下枪，就直奔炊事班的大架子篷，去看那两只小熊。

小熊长得很可爱，只是多有几分野性。我们抱它、逗它，它用小掌

扒我们，鼻孔乖巧地蠕动，幽亮的眼珠疑惑地辨别我们这群嬉笑的兵士。不知炊事班的战友给它们喂啥，听说小熊还在哺乳期，那时的连队没有乳奶，更没像现在这样的"伊利""蒙牛"。炊事班每天磨黄豆，做豆浆，连队吃大锅，它们吃小灶，让它们吃细食、软食。饭后，我们也常带点饭菜去喂，它们像老太婆咬东西，歪歪扭扭地嚼半天。

那时，我在连队当排长，一天疲惫，回营与战士们一道，从小熊身上寻找乐处。野地训练的最后半个月，每有空暇，我们就带两只小熊在冰雪上追逐，两团球样的身子走走滚滚，与我们嬉耍在一起。

大运动量的野练，体能消耗很大，饭量如斗，吞食似牛，可我们每天必须节省点肉食饲养小熊。在大家的喜爱调养下，棕黑的绒毛渐渐泛亮，幽亮的眼神由幼稚痴呆变得活泼兴奋起来。每见我们训练归来，它们会不慌不忙地摇过来，用那湿乎乎的嘴鼻哄闻我们带有冰雪的腿脚，以示亲昵，有时我们也会用脚故意掀翻，当它从冰雪中滚碌起来，会像小狗似的跟随我们，可它们没有小狗那般灵活，那般忠诚，而是憨憨的，又觉笨拙。笨拙一是来自它的体态，二是它的视觉。与小熊的接触中，我们觉得它那两颗嵌在绒绒毛发中的眼睛，对许多东西好像视而不见，神光没聚焦。后来我们才知道它的视线只有四五米。对送给它的食物，我们刚刚露面就见它们兴奋地快速过来，可想它那椭圆形鼻子的嗅觉和两只竖着的耳朵的听觉，是何等的灵敏。熊也喜在夜间活动，但与军人生活在一起，慢慢地，也适应了晨起晚息、一日三餐的习惯，战士们也视它们为连队的一分子了。

有天上午外训，我们排的两位战士悄悄地抱上了它们。我有点恼火，但已经行进在山地上，不便再追究。当我们进入密林地域时，传来命令，说发现有股"敌人"侵入我部防区。我们感到很突然，战士们急忙用备有的绳子将它们拴在一棵杂树上。当我们匆匆在林中穿梭数公里，用实弹击倒几十个活动靶归来时，大伙寻了好一阵子，才找到那棵系有一条白毛巾的杂树。在那冰天雪地的密林中，一条白毛巾的标记是多么的不显，系白毛巾的那位战士直说"不当"。看到那两只小熊瑟缩地挤成一团的情景时，我蓦地想到，是枪声的惊吓！它们会想起是这样的枪声杀死了它们依恋的母亲吗？

回归的路上，战士们倍觉它们可怜，仿佛是曾遗弃的孩子，竞相怀抱。在过一段河道时，脚下石滑，有位战士连同小熊跌入冰冷的水中，可他仍紧紧地抱着，人与小熊都浸湿了。人们将他从河道中拉上来，争先用毛巾擦熊毛，用棉衣将它裹起来。回到营地，赶紧叫炊事班做姜汤。那个落水的战士端碗热汤，呼呼地用嘴吹，用小瓢喂，喂得小熊连打几个喷嚏，喷得刚换的干衣麻麻点点的，大伙逗乐："认个熊儿，你就当熊爸吧！"

神农架的深壑密林，藏匿着多少秘密，谁也不知道，谁也说不清。

我们的介入，无疑打破了这片原始林区的固有寂静，侵扰了野生动物的生活圈，也危及它们的生命。那时，我们没有现在这样的清醒认识，只是不允许对野生动物再开杀戒。有次，连队拉到山林里训练，仅炊事班几位大员和连队值班员守候，有只金钱豹大白天窜到河滩上的帐篷边，炊事班人员发现，谁也不敢吭声，端枪伏在小熊旁，惊恐地观察金钱豹的一举一动。这只金钱豹大摇大摆地巡视一番，蹿到伙房的篷架上叼走了一大块猪肉，又大摇大摆地走向不远处的丛林。战士们望着金钱豹远去的身影，才轻轻地松了口气。可他们谁也猜不透，这只金钱豹的偷袭，是冲着血腥的猪肉来的，还是冲着人和小熊来的？

两个多月后，我们拉出了神农架，与我们朝夕相处的两只小熊，交给上级机关去处理了。

时间不经意过去一年半，我已在团机关当宣传干事，到师部去参加学习马列著作的培训班。走进招待所院落，就见有只黑熊在一棵树脚的盆子边吃食。我们早就听说黑熊进了师机关。管理部门说招待所来往军人多，有残羹余饭。我正欲问另一只时，招待员敲着盆子过来，将一盘有菜有肉的食物扣在地上的大盘里。他头一扬："那家伙在天上呢！"果然，另一

只熊从头顶的树上缓缓爬下来，原来它团在树杈上栖息呢!

相别载余，刮目相看。这熊站立起来竟与我胸部齐平了。白天它们放养在院内，晚间用铁链锁在院角的小棚里，那就是"家"。我亲切地抱它，死沉死沉的，大约有一百几十斤了。我开始与它玩耍，当我扒开它的嘴，想瞧瞧它那口参差的牙时，它的前掌一把将我的手拍下，还抓出了血。我想，这家伙六亲不认了，长得也不似小时灵动可掬啦，总是懒洋洋的，打不起精神，养尊处优的日子培植了它的惰性，如果早日放归大自然，会是这等模样!？想归想，总还有一种亲近感，每天中、晚饭后，总要拽着它的前掌，像拽着孩子般地在院子里走几圈，它那两只后掌叭答叭答地迈着八字步，头翘得高高的，与穿军装的平排走在一起，仿佛是种荣耀。

动物也有它的灵性。相处多了，你不找它，它还要找你作乐呢。有天，我从院子里漫步穿过，突然身后有人死劲拦腰将我抱住，待看清两只毛茸茸的手臂时，我已经摔倒在地，原来是那只调皮的雄熊捣鬼，雄熊个头粗壮，气力也大。热闹惯了，它也怕寂寞。有天上午，我们正在房里讨论，这只雄熊竟悄无声色地爬上楼来，径直走进我们房间，毫不顾忌地爬上我的床铺端坐，好似参与我们的学习。它的到来，一时活跃了我们的情绪。我们谁也没有驱赶，倒是故作镇静，照常地发言，照常地喝水，它一会儿看看我，一会儿看看发言者，一会儿前爪挠挠耳朵，鲜红的舌头咝啦咝啦地舔鼻头，憨憨地期待着什么。好一阵子后，突然发现我白白的床单上有一片水印，意识到这东西在我的铺位上撒尿，我刷地站起，重重地扇了它一掌。它懒懒地起来，屁股摇摇，走出了房门。自此，它几次上楼进门，再也没爬上我的铺位。

培训班结束的那天中午，我们有顿丰盛的聚餐，其间我偷偷地将餐桌上的那盘蹄膀端出，扣到它们的食盘里。闻到扑鼻的香味，它们跑过来，吧叽吧叽地争着吃。我一边抚摸着它们厚厚的棕黑皮毛，一边轻轻地说道："今天我们就要走了，以后不知什么时候再来看你们，如果老连队的人能来多好，他们常念着你们呢！"两只熊似乎听懂了我的话语，停住饮食，我拍拍它们的厚背，意想不到，它们居然站立起来，我赶忙拉住它们的前掌。此刻，我又一次看到它们幽亮的眼神，仿佛闪动着不舍的泪花……

后有消息说，我们部队饲养黑熊的事传到了武汉。武汉动物园领导持着湖北省革命委员的公函找到师部，希望将黑熊运到省城让更多的人观赏。部队专门焊制了铁笼，备足路途食物，派车送往。野战部队流动性大，不久我们离开了汉楚大地。两只黑熊在武汉动物园生活得怎样？再也没有了信息。几十年过去了，我们那时的战友们相聚，还常常念叨当年与小熊相处的那段难忘岁月，念叨那只不该枪杀的母熊是否还有其他后代，像金钱豹那样活跃在神农架的密林深处。

|廊桥之恋|

　　记得去年这个时节，浏览故乡赠阅的《金华日报》，忽地眼前一亮：武义县的熟溪桥已有八百年历史。宋元明清已经远去，美丽的廊桥依然固守在青山间的绿水之上，固守在深深眷恋的那方沃土上。

　　中国古廊桥主要分布在浙闽两省交界地域的高山深涧、重峦叠嶂中。听说现存三百多座古廊桥，浙南的庆元、景宁、泰顺三县就占二百余座。我们不会忘记我国宋时名画《清明上河图》中杨柳依依、商埠熙攘的情景，其中那座横跨河道的全木结构的虹桥，成为整个画幅的重心。汴河上的这座木拱桥，昭示着中国桥梁技术的一个巅峰。时至清朝中期，这类虹桥大都在陈旧失修与战乱中消亡，取而代之的是石拱桥，木拱桥的建造技术也随之失传。壮观俊俏的木拱桥，在中国桥梁研究专家的视野中消失了，中国桥梁史在喧嚣的风尘中失落了辉煌的一页。直到上世纪八十年代，人们在浙江九山半田半溪水的泰顺县重又发现木拱桥，断带的史册才柔和地衔接起来。经查，泰顺境内还幸存木拱桥三十二座。藏在深山无人识，一朝美名天下传。这一奇观，又让中国的木拱桥闪烁异常绚丽的色彩。

　　浙南大山深处的木拱桥大多是廊桥，具有交通功能，能遮风蔽雨，又显美学意味。我国著名桥梁专家考察全国廊桥，去年又发现，处于浙中武义的熟溪廊桥，身世最长，可谓我国"古廊桥之祖"。

　　上世纪六十年代，我在金华三年多，对于周边的大好河山和历史文化遗产并没着心。离开的四十年间，虽不时返乡，但对于近在几十公里的武义，没有涉足，更不用说一睹熟溪廊桥的模样了。近一年来，熟溪桥的姿容，经常在梦中萦绕。梦是会开出花来的。在我的思念中，越来越显现它的古朴、典雅、高贵、坚贞，有时也溢出浪漫的情怀，不觉想起缠绵的梁山伯与祝英台，想起《白蛇传》中的许仙与白娘子，长亭不长，断桥未断，绵绵情思化作纷飞的彩蝶，化作飘荡的英魂，留在故乡的烟雨中，留在游子的心绪里。美国小说《廊桥遗梦》，叙述的那对中年男女销魂蚀骨的爱情，长相思，长相忆。这部风靡美国的小说改编成电影，又将这个奇妙的爱情故事，通过影视画面，更真切、更形象地传达给世人。人们记住了廊桥。仿佛廊桥更具蕴藏玫瑰色的情调与深意。

从电影画面看，美国麦迪县的那座廊桥，与中国古廊桥相比，其气势、神韵、美感，不可同日而语。中国的廊桥，似彩虹，似弯月，似黛眉，卧在水光潋滟之上，历经世事沧桑。不同的肤色，不同的人群，在不同的地域、不同的时代，生发许多不同的故事，而人类的情感是息息相通的。在清波荡漾的熟溪桥上，一定有更为刻骨铭心、永难割舍的美妙传说，等待我们去发现，去寻觅，去创造。

何时回故里，欣赏古老而又年轻的廊桥的芳容，倾听和感受那些经久不衰的故事呢？

|心中的佛堂|

小时，我生活在义乌北乡的一个山坞里，一条弯弯的小路，从田塍上、溪滩边牵出去，村下有一座木桥，桥脚老高，像后来我读书时用的圆规，桥板下有条沉沉的铁索串联，每逢山外集镇的市日，天没亮，村民们

就挑着箩筐、畚箕，悠悠地从小桥上出山，销售了手艺货，再籴米回来。山区可耕地少，籴米是件大事。家父常常鸡叫头遍出发，去义乌县城，或到浦江、诸暨销售，父亲说，与这些地方相比，义乌南乡的佛堂，箩价最好，米最便宜。

自此，在我幼小的心里，就埋下一颗不断壮大的种子：佛堂是个富庶的地方。

一九六四年秋我到金华读高中，后遇"文革"，在那里当了兵。这一走，显得那么的漫长。待我坐上昔日同学、战友的轿车进入佛堂时，已是改革开放多年、人文环境发生了很大变化的年月了。

那天，我是匆匆地从佛堂的江畔、老街走过，仅是浏览而已。偶入巷间民居，看到恢宏博古的构建，纷繁精妙的石雕木刻，一时我不知用什么语言来表达。我觉得高雅精深的艺术，总是集聚在人文荟萃的都市古城，想不到，在我故乡的这块土地上，有如此精致、厚重的雕刻艺术。这种根植于民间的艺术，饱含原始的冲动，蕴寓深厚的传统文化，其刀功技法，恐怕现时追求功利时尚的所谓大师们是无法比拟的。那天，我还要去双林寺、云黄山，访冯雪峰、吴晗、陈望道等故居，没有更多的时间品赏这些明清建筑的风韵。一晃间，又这么多年过去了，我也没再度叩响佛堂的老街，再度欣赏那片神圣土地上矗立的古老民居的美妙与神奇。

江南千年古镇——佛堂，其名源于双林寺。

据说，来自古印度，曾在嵩山面壁九年的达摩，是释迦牟尼的第二十八代佛祖，在少林寺传灯后的一天，他朦胧中得观音菩萨开道："震旦佛像侣伴，之江逆水西上，临水观影缨络，双梼鹤树法坛。"为避免小乘教派的妒忌与追杀，他改称"嵩山陀"，南下之江（钱塘江），逆水而上，经富春江、婺江，到义乌建寺弘扬佛法。公元520年渡江时，遇见傅翁。傅翁自幼好学，对道家、儒家有很深的研究。二十四岁时由嵩山陀达摩指点，临水照影，他看见释迦牟尼第二十七代佛祖缨络宝相，悟前缘，依达摩指教，在树下结庵修道，称为"善慧大士"。傅大士由此成名。傅大士创立道、儒、释三教合一的中国维摩禅宗，三上京城给梁武帝讲经传道，名扬神州；他创建的双林寺，至今已有一千四百八十八年的历史，比天台山国清寺早五十五年。在佛界五百罗汉中，傅大士排行一百三十一尊。佛堂是善慧傅大士的出生地、成道处。佛堂的地名由此播扬四方。

我去那时，双林寺正在重建。原先的寺庙，上世纪五十年代修建水库而沉没。重建，是双林寺悠久历史的延续，香火的承传。院墙刚刚砌起，用的是红砖，不知后来抹上怎样的泥色？大殿高高，恢宏大气。门柱、窗棂、梁檐都是刚刚刨皮的木质，纹路柔和新鲜。殿内空荡荡，几尊大像是用一块块樟木板组装起来，已经成型，像刚刚出浴的莫大的胖童，也许是我从他的脚部仰视之故。童孩永远年轻，永远地充满希望。不知何时给它涂泥描彩，更难知晓哪时开光了。寺庙、道观开过光，就显它的神灵。我从大像的莲台旁走过，闻到了浓浓的天然木香。人们常说，盛世修史，是不是盛世也修庙宇呢？

我是从流传的傅大士偈语中认识双林寺的。

在我的视野中，有几首偈语印象特别深刻。"手把青秧插满田，低头便见水中天。六根清净方为道，退步原来是向前。"唐时布袋的这首诗，清新，纯美，读罢，有豁然开朗、重见天日的感觉。"未曾生我谁是我？生我之时我是谁？来时欢喜去时悲，合眼朦胧又是谁？"顺治皇帝皈依佛门后对人生的诘问，深深地震撼人们的心灵。对于傅大士，该是他们的"导师"了。最令我难以忘怀的是他的"空手把锄头，步行骑水牛。牛在桥上走，桥流水不流"。刚读时，我费解，查阅资料，方悉傅大士是义乌人氏，修道双林寺。这一刻，双林寺在我心中留下了深刻的想象印记。反复品读，仿佛感识其中的某些意味。从文学的角度看，傅大士是运用感觉的话语，形象地反映了行为的自然轨迹，而这种司空见惯的感觉，往往被人们的思维定式、思维逻辑所模糊、消解，所排斥、掩埋。自我目光所见，心灵所感，恰是事物本质的层面或侧面的展现。人们阅读这偈语，大多在雾里梦里，不解其妙，正是因为它们违离了人们本有的直觉与体悟。

　　文学是弘扬真善美的艺术。道、儒、释的共同处是善解宇宙、人生。这种审视宇宙、人生的观念，与人类文学艺术的追求何其相似，甚至可以说是殊途同归。傅大士创立的维摩禅宗的本意，并非我们要领悟的这等层次的文学意识，可它的偈语让人觉醒的这种意识，又会影响我们的人生追求。

　　我是读着"葡萄美酒夜光杯"的《凉州词》，踏访酒泉，领略唐时将士的豪迈与悲壮的；是沉吟"大漠孤烟直，长河落日圆"的诗句，感寻居延海的雄浑与苍茫的；是默诵傅大士的这首偈语，遥想千里之外的双林寺，思念故乡那田园牧歌的景致的。双林寺，不是金戈铁马、气吞万里如虎的疆场，没有风尘弥漫、枕戈待旦的困惫，从那里不时传来的是叮当的风铃和晨钟暮鼓的寂静，飘来的是云雾般缭绕的香烟和这种香烟传达的鼎盛与庄严。在我国辽阔的大地上，疆场与道场在不同的地域，以不同的方式，演奏着不同凡响的乐章。羌笛已经远去，黄河披戴盔甲；梵音声声净和，祈祷国泰民安。当我这一次，至今乃是唯一的一次拜谒双林寺时，有似曾相识燕归来的感觉。

　　我是以一位军人的心境，体味枪炮声与木鱼声的区别与调和的，又是以年近半百、似乎历经诸多苦难的身世，体察社会、感悟人生的。时光越是久远，解悟人生、诠释生命的话题，越是接近人的本性，越容易切入人的心灵。

　　那次佛堂之行，太匆忙了，至今想起，仍有遗憾。时隔多年，该大变样了，那地方更加招人喜爱了。可我在北京，不能想回就回。日子越久，越发想念她。想得越多越久，心中的佛堂也越是清晰、美好，这份情也牵拽得越紧了。现在，如果有人问我，佛堂在哪里，我会立刻告诉他：在江南独特的明清建筑里，在傅大士偈语的清音里，在我故乡蓬勃的大地上，在我游子的心窝里。

老 鹰

小时候常做老鹰逮小鸡的游戏。

最近，有位飞禽专家诉说老鹰生死磨难的故事，着实让我震惊和感动。鹰原来不称老，可是那只鹰确实很老了。尖利的喙越长越弯，很难啄食了；敏捷的钩爪，老化迟钝，难以猎物了；翅上的羽毛越来越厚密、沉重，不能远走高飞、俯瞰四野了……

生命的终极临近了。

苦恼、烦躁、懊丧、萎靡、焦虑、愤世，不时袭上它的心头。

它望空喟叹：风烛残年啊！声声悲鸣，在山野、平畴上游荡，抒发出浓重的惆怅、无奈，甚至绝望。

时而，它眼前又跳动着青春的火花，灿灿的闪烁光芒，诱动那颗还没完全泯灭的心。

记忆的闸门徐徐开启。幼时卧伏巢穴待哺的温馨，羽毛初成展翅试飞的惊喜，风雨中勇猛搏击的悠扬英姿，双双翱翔蓝天的幸福、甜蜜，以至自然界互有争斗、互为依存的关联……

生活是多么的美好！原有的那种狭隘、嫉妒、明争、暗斗，是那么的不屑一提。面对死亡的步步逼近，它悲恨过、彷徨过，现在，它突然觉得生活的意义，生命的意义。

新的抉择产生了：寻求苦难的蜕变！

它振作精神，扇动笨重的翅膀，挣扎着飞上山崖的绝壁洞穴。它不吃不喝，谋取长远的生存要素，静心用喙不断地叩击岩石。日子一天天地过去，老喙终于有所动摇，有一天，老喙竟然真的脱落，一副崭新并带有血

丝的通红的新喙，在幽亮的阳光下显现了。

卧在简巢里，它不时用那根细长的舌尖舔舐娇嫩的新喙，期待它尽快地坚硬起来。

猛兽感觉到了它的存在，在崖顶一阵又一阵地刨蹄，一次又一次地虎视崖壁，贪婪的垂涎挂到了洞边；狂风呼啸着从崖上刮过，半空中的崖洞简巢几番欲掀欲坠；罪恶的枪声，从远处清脆的传来，掠过晴空……

这，动摇不了它的信念。

没几时，它就试探性地用新喙轻轻地敲打爪甲，丝丝疼痛传向大脑，渐渐地，坚硬起来的喙，像小锤，雨点般地落在爪甲上，而后又用喙使劲地拔，第一个老爪甲拔掉了，第二个爪甲拔掉了……

新的爪甲像它的新喙那样，带着漫长的时光，带着坚韧的希望，一个个锋利起来。这时的它，没有停歇追求，唱响生命蜕变的第三部曲，用新喙、新爪，坚定地拔掉翅上、身上的一支支陈毛旧羽。

每拔一支，宛如抽筋削肉，殷殷的血从羸弱的躯体上渗出来，漫开去，整个身子像一团熊熊燃烧的火焰……

每回的磨难，每处的求变，都是一次艰苦的炼狱。

五个月的血肉煎熬，五个月的生命更替……待到那日，它抖抖再度轻盈、丰满的双翼，又以矫健的身影，异常自信地重归了蓝天。

飞翔，似朵乌云；立崖，如尊岩雕。它居然返老还青，又获得三十年的新生。

从此，老鹰成为它的称谓。

老鹰把自己的经历和感受传给了孩儿。一代代的，老鹰就成为常见飞禽中最长寿的鸟。

|退　　想|

　　1954 年春天的一日，北京这方地面上，蓝天白云，青山绿水，春风轻拂，杨柳飘荡。已经坐稳江山的毛泽东，心中自有几分得意，欣然游览十三陵。

　　十三陵是朱元璋的儿子、明成祖朱棣以及他之后的明皇的陵墓。毛泽东欣赏穷光蛋出身打天下的朱元璋，也欣赏从昌平这个方向攻进北京的李自成。可李自成进城屁股没坐热，就被逼退出了金碧辉煌的宫殿，与当个皇上失之交臂，所以，当解放战争的三大战役完结，毛泽东率领他的麾下进驻距之不远的香清别墅一带，欲入已经在这片土地上沉睡五百多年的古人旨意建造并坐稳二百多年皇位的明朝留下的城池时，说了一句颇为深刻的话语：进京赶考去！看来，这场赶考及格通过了，他稍微轻松地出门转悠。这一转悠，又想起了朱棣这个老家伙，他是怎样坐镇燕京的呢？

　　毛泽东已经从他身上吸取不少营养，还将继续探究他深藏的一些奥秘。朱元璋打下江山，建都南京，第四子朱棣封为燕王，坚守北方，御强敌，拓疆域，立有汗马功劳。洪武三年（1370 年），长兄太子朱标早逝，16 岁的允炆为皇太孙，洪武三十一年（1398 年），朱元璋驾崩，朱允炆继位。他听信"削藩"的建议，很快废周王橚为庶人，迁居边远的云南，又废珉王梗、执湘王柏、幽代王桂等几位叔父。朱棣惴惴不安，心想，说不定哪一天，一道圣旨，戳割到自己头上。如其坐以待擒，不如抢先下手。于是，他自持重兵，打着"清君侧"的旗号，发动了"靖难之役"。四年的内战，还真打出了一个具有雄才大略的帝王。他在"龙兴之地"北京，建造了规模空前的皇宫，遣郑和下西洋，组织编纂《永乐大典》。一个皇

帝的所作所为，能在青史上留下几件大事，已经很不错了。朱棣就是其中一位。毛泽东在朱棣的陵园里，就这么踱着想着，热了，解开中山装衣扣，些许燥热，将帽子一提，歪斜在脑门上。十三座陵园中，为朱棣建造的长陵最为恢宏。祾恩殿内一根根顶天立地的粗壮的金细楠木柱，仿佛是将整个明朝的江山支撑得牢牢靠靠，可到了他的那个不知第几代的孙儿辈上，却惶恐地逃出宫门，在景山上自缢了。二十世纪五十年代，那棵上吊过明朝最后一位皇帝的树木，横着身子，仍活着，毛泽东一定在它前徘徊思索过。1966 年"文化大革命"时我到北京，还特地去看了那棵树，绿绿的叶子在那不多的枝杈上活动着，但已听到了它暮气沉沉的呻吟与喘息。毛泽东对这位皇帝当然是嗤之以鼻，其实，大厦将倾，皇帝老爷也是撑不住的。一个朝代的兴盛与衰亡，有个渐进演变的过程，腐败到一定程度，像栋柱被白蚁蛀空了，倒塌是必然的现象。

毛泽东想过朱元璋。朱元璋坐江山后灭了徐达那样的一批同打天下、功高盖世的将师。毛泽东琢磨过朱元璋的愁绪与心术，深深地留在他的脑海里，这种帝王治国的理念也无不影响着他。此时此刻，他仰望这六十根粗粗壮壮的楠木大柱，仍然觉得还需要它们撑起这座大殿。这座大殿叫的是那么一个富有意味的名字——祾恩殿。殿与柱的关系，就这么奥妙地交织在一起。

想得最多的当然是朱棣。朱棣坐镇北方，慎操大局。在中国广袤的沃野上，几千年来腥风血雨，刀光剑影，冲冲杀杀始终不绝。宏观上看，自南向北进攻者，大多失败，自古皆有"败北"一说。有史以来的"北伐"，哪次取得彻底胜利？夺天下者，位居北方也。共产党人是从南方窜到北方，又从北方向南方横扫千军如卷席的。当年的朱棣深谙其意牢牢掌控北方的局势，坐稳大明江山的，最后仍是被北方来的势力将他们经营二百七十多年的明朝灭掉了。如今共产党、毛泽东坐镇北京，怎样？掌管天下，要有宏略，要有办法，正面讲是领导艺术，反面讲是心术，中性讲法就是计谋。毛泽东是位大战略家，吞吐山河的气魄与无畏的气概，让蒙

受百年欺凌的中国人站立起来，有种扬眉吐气的感觉。

朱棣当年是北建故宫，南修武当，调派紫禁城军民以及江南人马近 30 万到达武当，大兴土木。为铸造真武帝铜像，专家们费尽心思，却无一让朱棣满意，最后铸成朱棣的模样，才免遭罹难。这颇似朱元璋，谁逼真地画出朱元璋的马脸，谁就掉脑袋。美化神化自我，成为皇家的传统。朱元璋信佛，朱棣信道。武当的真武帝，成为明朝皇帝的化身，武当道教也成为明朝皇室的御用宗教。毛泽东怎样看待道教？不详。可毛泽东对道家的一些思想仍是推崇，他赞许老庄。当年毛泽东何时进京，何处安居，传说都有高人指点。现在看来，这是国学，《易经》的运用，自古以来无处不在。这是华夏文化的宝贵遗产。随着岁月的推延，它的妙用，会越来越广泛，越来越受到人们的重视。

如今的祾恩殿内又尊永乐皇帝的铜像，端坐在九龙宝座之上，做工肯定精湛考究，形象逼真，不知拿什么去参照了。介绍说此造像是世上精美绝伦的艺术佳作。在朱棣的坐像前，我端赏了好一会，模样有叱咤风云的浩然之势。毛泽东当时到这座大殿游览时并没这尊铜塑，也还没从定陵开挖出来的陪葬，现在明亮灯光聚照中闪烁着珠光宝气，让这大殿平添几分亮色。毛泽东那时，在这里站得越久，越觉沉闷，他推了推帽子，走出了殿门。历史给人启示，也给人压抑。毛泽东想松弛一下，就在殿门外右侧那棵遮挡骄阳的翠柏下站了一会儿，旁边有一张行军床，上面堆有乱七八糟的杂物，毛泽东仍是坐了下去，拿起几张报纸哗啦哗啦地翻阅。他依然敞着衣襟，神情洒脱。他觉得两脚沉重，索性将两只鞋踹了下来，忽感血脉舒畅，轻松无比。鞋帮里汗渍渍的气息袅袅上升，与浓郁的春的气息混为一体。他悠然地翻阅报纸，两腿微微抖动，宛如坐在幼时的摇篮里……

不知谁，此时抬起相机，留住了这"不恭"的一瞬。如今，这张图片放大显映在这棵四季青翠的柏树旁的导游指示牌上。我伫立牌前，不禁想起毛泽东当年在延安窑洞翻开破旧棉袄抓虱子的情景，那个情景被外国记者写进了历史。这是真实的毛泽东。后来，我们在报纸、画报上看到毛泽东的形象，总是那样高大、庄严、齐整，那是毛泽东另外的一面。毛泽东是个立体的毛泽东。毛泽东有着丰富的人生，只是作为领袖人物，什么事都将其神秘化罢了。当人们看到从神坛上走下来的毛泽东时，有一种亲切亲近之感。毛泽东有神助，但毛泽东是人。人有人的喜怒哀乐，七情六欲。毛泽东在祾恩殿前踹脱双鞋图快活的情景，就给人一种真实真切的感觉，仿佛他是坐在人们中间。

后来有的人爱作秀，作得老百姓在电视机前看烦了，骂娘。作秀是虚荣的表现，内心空虚的表象。大象无形，毛泽东是真名士自风流，拿得起放得下。毛泽东看祾恩殿，对朱棣这个人物，就比过去"万岁万岁万万岁"时真实得多，但这个真实，也是毛泽东心中的一个真实。亲爱的朋友，当你游览十三陵，看到祾恩殿前这张图片时，你一定会有你的遐想，那又是你心中的一个真实。

｜在北京看婺剧｜

2009年7月24日、25日两晚，在北京的民族文化宫大剧院，浙江婺剧团为庆祝中华人民共和国成立60周年献礼演出《梦断婺江》。那时，我接到这个电话，心里有股热流涌上来。

婺剧是我的家乡戏。上世纪五十年代，在我们那个偏远的小山村，过年过节时看"锣鼓班"敲拉弹唱，好是稀罕。父亲在锣鼓班里拉京胡，那一班人我叫唤他们伯伯叔叔，有了他们，窝在山坞里的小村平添了热闹。小时觉得好玩，老跟在他们后面，不知不觉会哼几段。父亲说，这是金华戏，也称婺剧。虽然没见他们做戏，但那拿腔拿调的念唱，在我幼小的心灵里，种下了后来蓬勃疯长的乡音、乡曲谱就的浓浓乡情的种子。离开义乌、金华四十余年了，在京城一直无缘倾听婺剧，享受曾经给予的梦幻般的美妙与遐思。2008 年，婺剧确定为我国非物质文化遗产，浙江婺剧团晋京，为首都人民献上一台精彩的《白蛇前传》。头一晚，我应邀到场，儿时的激情与几十年萦绕心头的思念、狂想，那一刻，像决了堤的水，飞流直下三千丈，泪洒衣襟。曲折的剧情，俊美的扮相，优雅的唱腔，绝妙的演技，与江南小桥流水、湖光塔影的舞台美术融汇成情感的江河，将观众都湮没在这激流中了。

　　我为家乡那片土地上蕴育出这样优秀的剧种而骄傲，也为剧团奉献出如此富有强烈艺术感染力的剧目而自豪。第二天，我设法要了十几张票，邀请并陪同朋友观看。演出前，多位朋友问我昨天看时的感觉，我却只淡淡地说："萝卜青菜，各有所爱。地方戏嘛，也不知对不对你们的口味？"我们座位靠前，观赏过程中，舞台灯光反射过来，忽明忽暗，我从他们时而紧张、时而舒展，时而欣喜，时而悲悯的表情中，感受到了他们的沉浸与陶醉。演员谢幕时，大家噙着泪水站立起来，热烈的掌声浪一样的起伏。在掌声的海洋中，朋友们从不同的角度伸过手来："太美了！""你们家乡太可爱了！"这种赞叹的音韵，至今仍在他们的言语中传颂。

　　剧团又一次来京，我自然又想到这些朋友。从心底里，我也希望有更多的人欣赏这个剧种，更多的文化人或喜爱者，成为婺剧的知音。

　　《梦断婺江》反映的是太平天国侍王李世贤率部攻占江南重镇金华，刀斩浙江提督，击毙洋人头目后的一段故事。李世贤有志想以金华为大本营，横扫吴越，席卷江南，重振天国雄风。可那时的太平天国大势已去，人心离散，命运决定他不可能挽狂澜于既倒。1862年秋，天王洪秀全令他驰援危在旦夕的天京。军令如山，李世贤率领七万大军撤离苦心经营近两年的金华，走上了悲壮的不归之途。在这大背景中，剧本以李世贤、柳彦卿两位男女主人公的关系为主线，通过两人相遇、相聚、相争，到相识、相助、相敬，直至相殉天国之梦的曲折情节，展示两人复杂的心路历程和命运沉浮的轨迹。

剧目中，主人公柳彦卿与场外演员反复演唱的"太平军造反为百姓，为什么百姓又反太平军"，一次次沉重、悲伤地叩击观众的心扉。从百姓自愿挨饿为太平军送运粮食，到太平军向灾荒严重的百姓逼税逼粮，交不上甚至杀头的情景，人们自然想到的是"军逼民反"。义乌人自古就有刚正勇为的反抗精神，据有关书籍记载，在那短短的日月里，我们家乡有众多生灵倒在他们的长矛大刀下。我们村庄的许多房屋，是在当年太平军焚烧的废墟上重建的。上世纪七十年代初，我家就在那时残留的一片瓦砾上盖起四间瓦房，几家邻居也是。门前有口那风烽岁月填埋的井，又重见明丽的阳光。几十年来，古井壁上的清苔越长越绿了，水也越打越清了。历史难道不也是这样吗？！

风格迥然的《梦断婺江》，依然深深地打动众多观众。朋友颇有感慨，深情地对我说，这是出大戏，跌宕多姿的剧情，展现了厚重的历史文化。透过这段悲剧，折射出太平天国败亡的车鉴。剧目艺术地再度唤起我们深沉的忧患意识和对人类命运的关切，以及相伴而生的悲悯情怀。

回想魏巍

我是八月二十四日下午四时许去看望魏巍的，他住在解放军总医院。走进病房，看到几位医生立在床旁，似在会诊。满头银发的魏巍，两眼微合，面色安详，静静地躺在洁白的床上，桌台监控机的屏幕上，清晰地显示着他心跳、血压的指数。一直守候在他身边的儿子魏猛告诉我，上午一度昏迷，下午好一些，血压比较低。我和魏猛默默地看了一会儿，出房间，交流了一

些情况。这时的京城，是一片成功举办奥运的欢庆气氛，再过三小时，闭幕式就在鸟巢隆重举行了。我由衷地希望魏巍，日见好转，走出医院。

回到家，我给北京军区政治部创作室诗人李钧挂了个电话，告诉他魏巍的近况。意想不到的是，第二天上午，李钧来电话说，魏老于昨晚七时许走了，你可能是他生前最后一位去看望他的人。我惊讶不已，一时无语以对，往事不觉涌上心来。

记得第一次见到魏巍，是在一九九一年三月二十七日。寒冬刚过，春的气息萌动在大地深处，萌动在有生命的物种的躯体里。我来到西山八大处一片丛林下的那幢两层楼小院，冒昧叩响魏巍的家门。也许他正在写作，我看到他从楼梯上走下来时，神情仿佛还沉浸在思绪中，但当他与我握手的刹那，我看到他脸上闪着光亮，花白的长眉下的那双眼神，凝视中蕴含着一股诱人的暖意。

我们这代人，在课本上读过他的散文《谁是最可爱的人》《依依惜别的深情》，后来又读到他的长篇小说《地球的红飘带》《火凤凰》和荣获茅盾文学奖的《东方》。在我的印象中，最为深刻的仍是他作为通讯写就的《谁是最可爱的人》。初次见面的交谈，话语自然落在这上。魏巍兴致极高地说起当年深入朝鲜战场采访的情景，志愿军战士顽强作战的英勇气概，深深地铭刻在他的心里。一九五一年四月回国，他从采访记录的二十多个故事中，精选三个最为感人的事例，怀着激动的心情，写成了这篇文章。时任《人民日报》总编的邓拓，读后即定刊发在头版，毛泽东看了此文，批示"印发全军"，随后，《人民日报》专门召开座谈会，主持会议的邓拓充满激情地朗诵了文章的前两段，并要魏巍介绍经验。魏巍觉得不好意思，又无准备，即兴说了一阵，这就是据记录修整的那篇《我怎样写〈谁是最可爱的人〉》。回想当年，是件幸福的事。对于后来者，亲耳聆听他的讲述，那种感觉感受，是任何报刊书本难以传达的。

那时，魏巍虽年逾古稀，思想仍是敏锐，话语沉稳，性情活跃、爽直。他对年轻人的关爱，我心感体受。他翻阅了我的拙作《援越抗美实录》，好像勾起他的联想，面露喜色："一九六五年，美国想迅速解放越南战争，轰炸越南北方，战争升级。夏天，周总理派巴金和我，作为中国第一批作家访问越南北方。一百多天，我们几乎走遍了越南北方，广泛接触了越南人民抗击美军轰炸的战斗情景，真切感受中越两国人民的深厚情谊。你这本书是全方位展示中国援越抗美的，我对这有感情。你们年轻，有热情，将它写成长篇，我那时回国仅写了几篇报告文学。"其实，他的作品有分量。一九九二年春节，他赠我《魏巍散文选》，那七篇报告文学作为散文编为一辑"人民战争花最红"。那时，我国出兵越南，是在秘密状态下进行，不像抗美援朝。魏巍那段时间的作品，反映的是越南北方人民打击美军飞机的机智勇敢和无畏精神，展现中国军人援越抗美英雄史诗的使命，神圣地落在我们晚辈身上。我那书当时发行了三十万册，我们见面的那天，《南方日报》刚刚连载完，共一百三十七天。香港《文汇报》连载七十天，新加坡《联合晚报》连载二十五天。对于援越抗美，魏巍有切身的感受和体验，话题广泛，谈得热烈。他在《文艺报》上看到，说我是总参系统崭露头角的青年作家，尤其是援越抗美这我国我军的重大事件，能以文学的形式客观地历史地给予反映，值得称道。他说他乐意介绍我加入中国作家协会。对于文学前辈的关怀、鼓励和提携，我是很感激的。

人的思想与情感，像水一样，一旦有个细细的管道沟通，就会慢慢地渗印开去，浸润一片。日后与魏巍的来往中，我感识到他对革命文学的追求，是那样的执着，那样的坚韧，与他的性格、品格一样。这种品格、精神，无疑，渐染着他身边的人和与他交往的朋友们。久而久之，心中就有他。二〇〇〇年十月初，我回故乡时走访读初中时的母校，如今的一座高中，突然萌生请老作家魏巍题写校名的想法，陪同的校长原是语文老师，多年给学生讲授《谁是最可爱的人》，对魏巍怀有崇高的敬意。回北京后，我即与魏巍联系，他热情地挥毫题写了两幅"浙江义乌苏溪中学"，让我挑选。我挂号寄给母校，请他们制作时酌定。魏巍的题名，对我故乡学子的文化激励，产生无法估量的作用。来年年初，我又请军委副主席、

国务委员兼国防部长迟浩田题写了"苏溪中学"。后我每次回去，故乡的人们总要提及此事，其实，不是我做了什么，而是魏巍、迟浩田的声望，在人们中、在师生中占据了敬仰的地位。迟浩田虽是一位上将，他的诗文值得一读，他的散文《怀念母亲》，我读时流下了动心的热泪。

前两年，我搬进新居，房子大了，四壁空了，我想起请人写几幅字。魏巍很快让李钧带来一幅："寒雪梅中尽，春风柳上归。"每当看到他飘逸、隽丽的书法，我总有春风如至、暖意融融的感觉，还有一种无名的力量在心中春潮般的涌动。我想，魏巍书写这幅书法，还有深层体悟，八十多年的人生磨砺啊！尤其是在晚年，他自我坚实甚至固执的见解与复杂社会的碰撞，某种氛围的难以言喻与他内心向外冲突的思索，以及对未来抱有春天般的信念，也许都融会在李白这行诗句里了。

魏巍走了。真的就这么走了。多少人还在想念他，想再度聆听他的教诲呢！人啊，一生，像魏巍这样，八十八个春秋，也是转眼瞬间的事。关键是，活着的时候，做了些什么。魏巍是位热切关注时代、关注国家、关注人民、关注军队的作家，他创作了那么多脍炙人口的优秀作品，已经无愧于祖国和人民，无愧于这个时代和社会，无愧于他身处的人民军队了。可是，他仍是带有遗憾离开这个人世的，那就是社会上蔓延的、仿佛一时难以遏制的腐败和某些形式存在的虚假的胡话。

|趟过河的小弟|

　　过去农村兴掐八字，我小弟出生时，算命先生说他五行缺金，即取名王贤鑫。不知什么原因，或许为了写起来方便，有次我看到他在人家的付款单上，刷刷地签上"王贤兴"。

　　一九七九年，我妈因患内风湿来北京住院治疗，贤鑫陪着。那时，我看他个头不矮，年龄却小。住一段时间后，我劝他回去读书。"文革"断送了多少人的读书梦想，将来国家、个人还是要靠知识的。他嗯嗯地点头，返回又进了校门，我为此欣喜一阵子。后来，不知何故辍学；再后来，听说他挑上货郎担，摇起拨浪鼓"敲糖"去了。我爹当时着实不快，说："做箩搞副业，比人家种田好几倍，非要敲糖？！"走过远路的贤鑫，这时的心思飞得比鸟高了，好像有张强劲的风帆，鼓着他驰向并不十分明确的理想的彼岸。

　　拨浪鼓摇出来的钱，属于自己，是这份金钱的主宰。他的心又像这张风帆，鼓舞着驶向新的航程。旅行结婚来北京，他们在我这里住了几天，回去就将一点积蓄和结婚节省的共一千几百块钱作资本，外出做生意。有次，我探亲回义乌，看他大包小包地往火车上托货，弄得满头大汗。到江西去摆摊，说路上整夜趴在车上打盹，下车还要赶路，我顿觉疼怜。那段时间，他每次来提货，时间再紧，也回乡下父母身边看看，与我聊一会儿家常。渐渐地，我看到他黝黑的脸上溢出压抑不住的笑容。一个靠两只手生活的农人，当自己的辛劳换得腰包粗壮起来的时候，那笑容十分的含蓄，也十分的可爱。

　　贤鑫他们，是义乌末代鸡毛换糖人。不久，他让妻子继续在江西摆摊，自己在义乌的篁园市场租了个摊位。日后，我记不得什么时候，他买了几个摊位，还在城里盖起五层楼，在乡下办起两个小厂，又盖了五层

楼，城里楼就出租了。

七八年前的一次电话中，贤鑫突然问我多少钞票一月，我如实告诉，他说："你不要骗人，一个师职军官，大校，只这么点？！"我说我什么时候骗过你。在义乌，像我小弟这样从农家走上经商之路的人，很多；比我小弟有钱的经商有道的人，也很多。当他们走到这个分上时，说话口气不一样啦。这时，我觉得，昔日我这个拿大头工资力挺这个九口之家的大哥，也显得有点那个了。心想，在商品、货币中走来绕去的贤鑫，是不是被铜钱沾蚀了呢？

四年前，贤鑫又一次来电话咨询。大儿子义乌中学毕业，考分超过重点大学录取分数线，想报军校。我说军队工资太低，还是报地方大学为好，将来回义乌，收入也高。我的态度好像令他失去什么。第二年，二儿子高考，又来电话，说强强没报军校，龙龙一定要报军校，超出本科录取线，你给选个学校。

我纳闷，贤鑫啊贤鑫，你歪的哪股筋？国难当头，弃笔从戎，理所应当。现是和平年代，年轻人施展才华的主要平台，应该在更为广泛、更为宽松的国家、地方经济建设和教学科研上。军队规矩多，恐怕影响他的抱负。我们在电话中磨了一会儿，最后贤鑫说："我和龙龙已商量，我们不后悔。"

明年，这个孩子军校将要毕业了。我听说他正准备考研究生。我喜欢年轻人的这种精神。意想不到的是，上半年贤鑫来电话，说大儿子强强大学毕业考研究生，分数超出，同时他问校党委书记报名，想进部队。我说了我的意见。这次，贤鑫的心像座山那样的坚实："我们商定，还是参军好！"

现在，他的大儿子正在武警总部与国家公安部联合的集训基地训练。他来北京已一个多月了，我有意没马上去看，让他磨炼。他只星期天有空，我在手机上总是鼓励他。明天，我要去看看他了，毕竟还是孩子。但我相信他。这两个都有一米八高的小伙子，穿上军装后，路该怎么走？我想，还是靠他们自己的造化。他们这爸——我的小弟，自己没有好好地将书读下去，挣得一些钱时，倒一直激励两个儿子读书，这是他人生的一大进步。他是将他的意愿，在他的两个孩子身上得以延续。可他为什么一定要送两个大学生孩子到艰苦的部队？在电话里，他支支吾吾地还留一手。我猜度过他的心思。三十年来，他蹚过多少条河，走到今天也算不易。那他是为了让孩子来捍卫改革开放的成果，报效我们伟大的祖国，还是藏着捏着其他小九九呢？待我见到强强，一定得问问他。

我 的 书 写

硬笔书法是项优美潇洒而又虔诚崇高的艺术，她铺垫着我的文学事业，又铸造了我的灵魂。

我们会稽山南麓的小山村，很早以来村民们有个练字习文的传统，说字是人的长袍衫，也就是一个人文化的外在表象，大家特别的注重。我父亲虽只读了三年书，可他的字写得蛮好，不论是硬笔字，还是斗大的毛笔字，都见功底。20世纪50年代的山村没有幼儿园，上学前我的童年生活是砍柴拔笋采野果，摸鱼游泳打水仗，放牛割草吹口哨。间歇，父辈们会用柴棍、竹梢在地上划出几个简单的字让我们认，再教一两个新字，有时也用山村人特有的诙谐与放肆，写几个男女之间的字句嬉弄我们这帮小孩，我们也在这嘻嘻哈哈、欢言臊脸中认了一些字，练了一些句。那时生活没有现在这么富裕，兄弟姐妹七个，我是长子，一直与父亲睡在一个枕头上，枕头其实是一把晒干切齐了的稻草。晚上赤身贴在父亲边上，父亲就在我的肚皮上用手指写字，他写的笔划特别扩张，我的小肚皮上往往只写一个字，后来写两、三个字，让我猜，有的猜对了，有的猜不对，有的根本不知道，这时他就教我。就这样，在小学一年级前我已经识了不少字，也进入了硬笔习字的行列。从小学到大学，读研究生，从学校到部队拿枪杆子，在枪声炮声的硝烟中，我一直坚持用硬笔书写世事人生。硬笔书写成为我生活不可或缺的重要组成部分。

在认字练字中，我渐渐地对文字、文学产生了兴趣，后来就痴迷其中了。就连找对象，硬笔书法无意中也作为衡量的尺码。当年，我收到女朋友——现在的妻子的第一封信，看到她娟秀的两页书信，心想，她这么好的字日后帮我誊抄书稿准行。果真这样，婚后我的一部长篇的大部分，是她帮助一笔一划认真抄写的，人家看到稿纸上颇似庞中华的字体，怎样也想不到是出自女性之手。几十年来，我创作的《援越抗美实录》《雷神》《西线之战》《火红的高阳》等几百万字的文学作品，都是用硬笔书就的。在这漫长的一笔一划的书写中，就如道家的长期潜心修行，人的言行、性情都发生了显著的变化。所以说，硬笔书写，不但成就了我的事业，也铸造了我。

在我们的影响下，女儿也爱好硬笔书法，在她读高中时，参加全国青少年硬笔书法大奖赛，荣获二等奖。现在已是普及电脑的年代了，我仍钟爱传统的书写方式，我觉得她是一种艺术的表现，已经与我的文学、生命融为一体了。我对女儿说，你的电脑虽然用得娴熟了，可别忘了你的书写，硬笔书法曾经灿烂过，她作为一种文字的艺术呈现，将会放射出更加璀璨的光芒，并将永久地屹立在中华民族灿烂文化的神圣殿堂中。

第三辑

故乡的野菜

|故乡的野菜|

今年北京的雨水是近十年来最盛的，立秋了还落了几场雷阵雨。清晨，妻子又拎了一兜野菜回来，足可炒几盘的。我们大院西侧原是苗圃，开发商圈了地，其中有块树苗移走了，房还没来得及盖。在这片暂时闲置的空地上，长出了许多野菜，前段时间，她已采了几次，好是新鲜。

这些野菜，我小时在老家吃过，那大多是在春天。春天是我故乡的雨季，如丝如网的雨水编织几天，地上就生出了许许多多娇嫩的绿来。在满地翠绿的杂草中，我们从大人的口中识得了好多野菜，如荠菜、苋菜、马龙斗、苦麻、水芹等；春天又是青黄不接的季节，旧年的存谷空了，来年的大小麦正在拔节、出穗、灌浆，还不到饱满成熟的橙黄辰光，野菜便成为我们农家填补粮缺的重要成分，有时连俗名叫狗尾巴的野草在水里焯焯也掺入米面里，熬粥调羹。那时，我们吃得很香呵，呼噜呼噜地喝着碗里，还想着锅里，喝得肚子蜘蛛那样圆鼓鼓的，可不到下顿就叫饿了——没油水。这样的日子，几十年来再也没有重现，可那时提只竹篮、拿把镰刀在路旁地头采野菜的情景，总是常常浮现在脑际。那是苦涩的记忆，又是童趣的再现。

最有意思的是，下了几日的连绵雨后，叫上几个邻居的男女小孩，头顶斗笠，挎只小篮，到后山去采蘑菇、拾地皮。蘑菇稀少，地皮蛮多。地皮是一种菌类植物，连续的雨水和适时的气温蕴育，密密麻麻、厚厚薄薄

地长在岩滩上、草坪中。如酥的春雨轻轻地洒在斗笠上，沙沙地低吟着一曲无休无止的歌。我们蹲在岩滩草坪上，忙不迭地选捡一朵朵仿佛是为我们刚刚盛开的黑色的花。黑色的花一样的地皮带着晶莹的雨珠，带着弥漫的山野气息，带着我们愉快的手温，欢乐地飞进小竹篮。

那时，我们高兴极了，全忘了曾经的饥饿与惆怅。在岩滩上捡拾，上面附生的藓苔，毛绒绒滑碌碌的，稍不留神就会连人带篮摔倒。小孩不怕摔，可拾得的地皮随竹篮从岩滩上一个跟斗一个跟斗地翻下去，谁都情不自禁地哭叫起来，在雨雾蒙蒙的空谷中，那伤心的声音传得好远好远啊！

每回拾地皮，我们都要逗乐一翻。我们的性知识，就是在那时启蒙的。有几句顺口溜，不知是哪代山民传下来的，我们这些男孩咧着嘴大声嚷嚷，像吼原生态的山歌那样："拾地皮，拾地皮，一脚滑去无老 B，抓块黄泥做老 B，拿根柴棒捣捣嬉。"穿红着绿的女孩从斗笠下扭过头，白了一眼，酒窝边传出轻蔑而又嗔怪的声音："没脸皮！"

真的，那时候我们不知道害臊。

返归时，嘻嘻哈哈的说笑声始终荡漾在弯弯的湿漉漉的山道上。有时，大伙还会比比竹篮里地皮的多少，有人说我今日最少，其他小孩就会慷慨地抓几把给她（他），或许她（他）就成为最多的一位了。

进家门倒入水中冲洗，捡干净。当妈的夸奖几句后就会用地皮炒青笋，再切上几片红辣椒、几根小葱，色香味都全了，是道可口的佳肴。做丝瓜汤放上一把，味道也鲜美。

离开家乡多年来，我再也没有尝到过地皮菜的鲜嫩滋味了。

前两天，妻子应邀到京郊房山的一个农家小院住了一宿，第二天清早在野地里看到那么多野菜，实实地采了两袋，村民说："这是我们几十年前吃的，你们城里人真是？！"

城里人图的是新鲜、乐趣。只不过现在许多运进城的菜，大都是外地专业户种植的，他们为了产量，有的用了增产剂、增色剂、杀虫剂，菜的个头大了，色彩艳了，煞是好看，口感却淡淡的了。我回老家，看到二弟在门前梳理几畦蔬菜，他说他从不喷农药，自家吃得放心，味道也香浓纯正。

在外面久待，我是很想在春天的雨季里回老家住些日子了。

义乌南枣

前几天，家乡有位朋友到京，给我送来一袋义乌南枣，这是我小时就爱吃的东西，它周身乌黑发亮，花纹清晰细密，果肉肥厚滋美，吃了好久口还留有余香。

我们家乡的田种不足，丘陵、河滩上，水果树却栽植得很多，梨树、李树、桃树、石榴树、枣树……一排排，一片片的，将山坡滩边都层层地覆盖了。从山上往远望去，一溜溜的果树，将平展展的稻畈切割成一块块的，金秋时节，绿得碧翠，黄得灿烂，也是一道美景。春天，万千梨花白如雪，桃花人面相映红，石榴花开旺如火，只是那小小的枣花，静静地绽放在枝头，不招人显眼，可它有一种特别的幽香，几里路外都能闻到它的芬芳。

枣树是种耐旱植物，在我那江南的故乡却随处可见。一方水土养一方物种，我们老家的枣树上生长的是一种双仁枣，到了稻谷金黄的时节，在那知了鸣叫得格外嘹亮的枣树上，到处都缀满了一串串、一撮撮泛白、泛黄的大枣，白、黄是种成熟的标志。秋风徐徐吹拂的时候，我们跟随大人举起细细的长竹竿去敲枣。枣树有刺，树又高，在我的记忆里从来没有摘枣这一说。一个"敲"字，勾动了我们童孩多少活泼的心思。

一筐筐的大枣挑回家，或背回家，铁锅烧水，大枣哗哗地倒入开水中，焯一下便捞出来，用青土布闷在扁篾编织的箩筐里，过一会儿倒出来，那大枣就变成红红的模样了，晾晒几天后蒸熟，让其风干，或用炭火烘干，它就成为乌黑油亮的义乌南枣了。这是我小时见到的农村最简易的加工方法。

据县志记载，义乌特有的南枣，清乾隆时列为贡品，故当地又称"京果"。《中国名产》上称"江南枣中佳品，是浙江义乌南枣"。专家鉴定，义乌南枣营养丰富，含有丰富的糖分、淀粉、蛋白质，多种维生素和氨基酸，鲜枣的维生素 C 含量高出苹果、梨、桃的 90-120 倍，更比橘、橙、柠檬强。义乌南枣是种养生滋补的食品，具有润心肺，止咳嗽，补五脏，治虚损的药效。

1958 年建水库时我家迁出大山，在后居的那个村庄，邻有一座建于民国初年的地主家的大屋，36 间连成一体，三进大厅，雕梁刻柱，天井上方有铁丝网，麻雀也飞不进去。从前这地主家腌火腿、做酱油，远销杭州、上海。无商不富。现在义乌依托小商品批发市场，不少昔日的农民成为千万亿万富翁，比过去的地主有气派多了。时代不同，观念也变了。这过去地主家的大屋外墙上，画有几幅大跃进的宣传画，其中一幅是一位司机开心地驾驶一辆卡车，上面载着两个大冬瓜模样的东西，旁有字白："义乌南枣多又大，大量南枣运出国。各国人民齐赞扬，人人都要购买它。"那是个吹大牛、坐火箭的年代，可这幅漫画，用夸张、诙谐的手法，从一个角度反映了义乌盛产南枣的景象。义乌南枣过去是外销港、澳、东南亚各地，供不应求。现在义乌有了大市场，南枣的行销景况，我倒不得而知了。

义乌除产南枣外，还产蜜枣，也叫金丝琥珀蜜枣。它是选择一定重量的大枣，经过精心划丝、糖煎、捏枣、烘焙、整形等多道工序制成，看上去形状扁圆，纹缕如丝，色泽嫩黄，透明如琥珀，吃起来倍觉糯软、甜美，也是远近闻名的一种热销产品。

经过烘烤的南枣便于存放，四季常用。平时顺手拿几个，是种稀有的享受，家中一般在炖鸡炖排骨时抓上一把，待到开锅时那浓浓的香味扑鼻而来，把我们的心都熏醉了。农家大都以此当作一种补食侍候贵客或产妇、病人。包粽子、蒸发糕有它作料搭配，色彩鲜丽，香甜可口。

日子过长了，也尝到山西、陕西的大枣，山东、河北的金丝小枣，它们都是在树上挂到大红时才收获的。"大红枣儿甜又香，送给亲人尝一尝。一颗枣儿一颗心，嗳嘿哟……"这又是另一番情感的抒发。当吃到其他地方的枣时，或尝到枣蜜时，我总会想起故乡的南枣来。

如今，我将朋友送来的南枣，装一罐立在餐桌上，其余分成几小袋藏入冰箱，准备长期食用。如有亲朋好友窜门，我一定会置一盘给他们尝尝，或许在言谈中我会不经意地说到它的来历与身世。我觉得在这乌黑油亮的南枣里，有许多我们童年时代的故事，还有那飘动着的永远难以散去的缕缕乡情。

山居樟香

五峰山下有家书院，宋代理学家朱熹曾在这里讲学，著名词人陈亮读过书。地方名胜，大多以它的人文而传世。

离五峰书院不远处，有座五峰山居，范曾题其名，镂刻在山石上。山居又称"鲁光艺苑"，四字苍劲，醒目在院落门楣上，是崔子范笔。我是慕名而至的。那是四年前的春夏之交，我回家探亲，与从金华赶来看望的表弟说起永康在京城的鲁光，诚想到他老家新建的"庄园"去看看，表弟一口应允。车子在漫长的路上奔驰，两人的话题自然落在这方水土上走出去的游子，在文化界，现今成就斐然者，首推鲁光。陈亮当年中状元，虽壮心不已，却暮色弥漫，须眉斑白了；报告文学《中国姑娘》全国夺魁时，鲁光正值华年，意气风发，作品大有江河浩荡日倾千里之势，又具丝竹琴音细密委婉之妙。现在，他又醉心于翰墨丹青，师承李苦禅、崔子范，文学的潜悟幻化在笔墨的写意里，让人越看越有意味。我这么一说，表弟来了精神。不知问了多少路口，七拐八转地寻到藏在青山绿水间的那个村落，经过几幢房舍，插进蜿蜒小道，上了小小的山坡，有棵伟岸的樟树巍巍地映入眼帘。

樟树高大粗壮，皮纹如花似网，密密地布满全身，该是饱经风雨、历尽沧桑的一种秉性，又是内在生命张力澎湃的一方豪情吧。几丈高处的枝杈强健地展开，又扶摇直上，怒放成一朵硕大的绿云，悠悠地浮在空中。浙地香樟居多，千年古樟不少，而我突然觉得对这棵香樟有着异常的感情，它古朴、坚实、醇厚，又显年轻，恰在风华正茂时。

香樟立在山居门前，仿佛是千年的等候。院围白墙青瓦，与江南大多庭院的审美情趣相近，可它是坐落在茫茫起伏的山野葱茏中，就凸显它别样的幽静、雅致了。进院是依着山体的下行石阶，曲经之旁栽植的修竹已经出笋，有的嫩竹已亭亭玉立在徐徐的和风中，与墙那边嫣红的杜鹃遥相呼应。清新风竹的姿韵，蓦地让人想起郑板桥竹的诗画，那是他心灵风骨的一种阐释。鲁光栽植它，我想，是有他之用意的。山居的主体是幢三层楼的构建，错落有致，融民族风格与现代时尚。房前波光粼粼的池塘，半口含着院落，那边便是碧翠的山色原野。整座山居，含蓄，开放，既有际，又无限。

朱熹当年在书院讲学之暇，我想象他欣然漫步到这池边的情景，清风撩拨衣衫，护护须发，若有所思，那首脍炙人口的《观书有感》是否得此启发？我想起在北京，与鲁光见面时，他说山居盖成，每当山花烂漫、丹桂飘香的两个时节，总要回老家住上一段时间，那是一年中书画创作最为丰厚的辰光，画展的大部分作品是在那里赶出来的。"半亩方塘一鉴开，天光云影共徘徊。问渠那得清如许？为有源头活水来。"多美！这也许是鲁光艺术感悟的真实写照。鲁光窗前的这口方塘有八亩之域，足可感应它的胸襟。

鲁光到香港还是日本办画展去了？鲁光胞弟告诉过我，现却记不真切了。那时我们坐在朝阳的大玻璃窗的画室里，案桌上笔墨纸张铺叠，主人回来好像随时可以创作。在故里虽没与鲁光谋面，我仍然兴奋。热茶袅袅，与他胞弟、弟媳攀谈，说说笑笑，甚是投机。阳光西斜，表弟一再催

促赶路，在案上我留了张便条，出院门，仍是一步一回首。

在北京的这几年间，我时常想起那座镶嵌在故乡怀抱、浸润着浓浓艺术情韵的山居，也时常想起那天我慕名拜访的心境，在空山灵谷、似画如诗的景色中，我求一片云，我取一枝叶，我幻想着我的文学梦。

京城的文学活动中，我数次见到鲁光，每回他总是那么乐观，给人欣喜与信赖，惠赠我的往往是他的一部部画集，或以多姿多态的憨牛为主调的挂历。鲁光属牛，勤奋而又默默地耕耘，洋溢着翻新土地的芳香、秋果累累的甜美。他是年过半百才师从名家画画，敏捷的领悟与执着的追寻，加之在那片厚土上感受的生活，让他驾驭那管笔墨很快便洒脱自如，妙趣横生。鲁光大我一轮，有股牛的犟劲。他是我师，在文学上引领与激励我像牛那般的踏实前行。

去年秋天，鲁光回到故乡，在那山居，为一次画展作画，并约请我。一个天蓝云淡、阳光明丽的日子，我与北京、杭州的几位朋友由义乌作家鲍川驾车前往。亦师亦兄的鲁光见到我们，那亲切的神态，即让我们如同回家的融融之感。车子停在大樟下，我又一次仰望香樟的神姿，金辉闪耀在蓬勃的树冠上，洒下一派清荫，有一壮实的枝杆越过院墙，与整座庭院颇有生气地勾连成一体。

院内小桥流水处的几棵柑橘，黄澄澄，金灿灿，在万绿丛中格外的显眼，我们顿时雀跃，也失去了往日的斯文。鲁光说："这是前几年我栽下的，结果了，你们自己去摘吧！"

在一棵与人差不多高的树上，我采摘到两个相连的大红桔，还有两片绿叶相托，嬉说着送给身边文艺报的余义林，她惊喜地捧着，两眼闪动着激越的光芒，紧接是，一阵秋阳般灿烂的说笑，回荡在灵山静谷间。

"世上有嚣尘，山中无俗客。"鲁光故里文人章竟成即刻吟诗。我们不是诗人，却也涌动着激情。鲁光山居建成后，京、沪、杭等地文化名流踏访诸多，留下不少珍贵的墨宝与瑰丽的诗文。这是一片净土。我们是朝着这方净土来的。鲁光在故乡厚积生活的净土上，宁静地勾画着自然的天堂。自然蕴含大趣，也成就了他艺术的天堂。

鲁光提议大家合作幅画，有人矜持，有人执疑，有人欲试。鲁光憨憨地笑道："你们每人都画，随意，我收笔。"师长的激励，大家风范。余义林即抬腕说我来，颇有行家的气魄，她专注地勾勒山的轮廓，山间的小屋；孙侃描绘大地；我在山路旁点缀了几笔小溪的意象，想留有更多的笔墨由鲁光老师圆满；鲍川一下手就浓墨着笔公婆岩；章竟成勾添小溪。鲁光始终在旁观察，细看浪漫学子的作业，又似胸中构想着什么。一切由他来弥补了，我想。他微微地笑着，宛若如意欣赏我们的大作，又似感叹这帮"天才"的手法。

凝神静思片刻，鲁光举笔舐墨，在我们涂鸦之处修改补充数抹后，在山道上几笔勾画出生动形象的归牛，一位红衣少女横着一杆竹鞭，悄然鲜活了整幅画作。尔后，他又在山色中添草木，染红叶，还有溪中戏水的牛。瞬间，一幅深秋牧归的美丽田园风光显现出来。我们不约而同地鼓起掌来。他左手题书："公婆岩雅聚"。公婆岩即山居池塘旁青翠的山岳，上有两座似公婆相望的岩石而得名。鲁光在画作的右下方书了一段颇有趣味的文字："贤根大校陪同美女主编余义林女士，评论家孙侃，出任此行司机者作家鲍川先生，也是此行中唯一吸烟者，故里文人竟成兄七步成诗两行，诗见左上方空白处。每人出手绘此山水图，而且皆能破格，天下独此一幅，如上拍，必天价无疑。"落款"遵命左手书题跋，五峰山人鲁光也"。一方朱印钤其上。

玩也玩出个雅兴来。

"窗竹影摇书案上，野泉声入砚池中。"真是个绝妙的去处。

鲁光赠近作《我的笔名叫鲁光》给我们，并在扉页上题词。这时，几位故里收藏家抱来一捆书画，请鲁光鉴别。鲁光没有迟疑，一一评点，我们也凑上去观赏，一派浓郁的艺苑景象。

夕阳已经西下，主人带我们到五峰书院品茶，观飞瀑，翻山赴一农家晚宴。在山地阁楼上，周围是苍茫深邃的夜色，唯有大红灯笼下谈古论今的辉煌。书画下酒，吃也风流。鲁光说起自己初恋的情景，大家听入了迷，有人喟叹："这是幅画！"鲁光说："一幅永远画不完的画！"

春节期间，我到北京南五环外亦庄鲁光画室拜访，他领我欣赏古色古香的陈设和他的部分画作，娓娓讲叙当代文朋画友新近往来的逸闻趣事。我忽地想到作家林海音。多少年后，兴许有本鲁光的《城南旧事》更牵动读者的心。临别，他赐我一幅丹青，画面是两头青牛在奔跑。我俩都是牛性，那头牛犊便是我。

此时此刻，我又一次地想起故乡那片莺飞草长、牛蹄扬香的土地，想起鲁光艺苑那棵蓬勃挺拔、四季常青的香樟，我何时再度拜谒它，聆听那沙沙低吟的真诚倾吐，感受那千年耸立、依然香溢的魅力呢？

|历史文化遗产的诗意呼唤|

军旅摄影家陆秀祺，自 1984 年入伍以来，在艰苦的基层连队摸爬滚打，又调机关操持文字，一身戎装，却文文静静，说话也缓缓慢慢，显得有涵养。他在淡静中勤奋、执着，用手中的相机，捕捉生命的华彩，摄取绚丽的篇章，以敏捷的心灵感悟、深刻的人生体味，让瞬间成为永恒。

在总参机关举行的《陆秀祺摄影艺术作品展》前，人们流连忘返，赞扬声不绝。就我所观赏的角度，觉得陆秀祺的摄影艺术作品大致可分为三类：

一是反映军营现实生活题材的作品，兵味浓烈，情趣盎然，一幅幅彰显新时期、新一代年轻军人精神风貌的光彩形象跃然眼前，让人们仿佛目睹他们激越的训练场景和战友间笃信的深厚情谊。

二是反映祖国大好河山的作品，壮美、秀丽，让人陶醉其间，如他在香格里拉拍摄的《金玉田园》，片片金黄的青稞，已收割的褐红田块，碧翠的绿树，与远处青瓦白墙的古老村落交错形成油画般斑斓的色彩反差，具有强烈的视觉冲击力，又有着蓬勃向上的成熟的浓郁气息，给人以无尽的美的享受。

三是反映我国历史文化遗产的作品，显得大气，深沉，宛如他在我国悠久的历史文化中呼唤着什么，而这种深沉的呼唤，让人们在心灵深处有种震撼感。这部分是最感人至深的，最具艺术的感染力。

《卢沟旭日》是陆秀祺 2003 年夏日的一天清晨拍摄的。那天，他四点多赶往卢沟桥。拍摄卢沟桥的作品众多，拍出新意却不易。陆秀祺在这具有文化内涵又历经沧桑的大桥上思索。历史曾有辉煌，也显得十分的沉重，时代发生了翻天覆地的变化，卢沟桥又在寻思什么呢？这时，一轮红日升起，满天朝霞分外壮丽、恢宏，而卢沟桥却仍沉沉地伏在大地上，仿佛是在又一次的觉醒。陆秀祺看到这一景观，灵机一动，即找准宛平城方向，摁下快门。这幅作品下方沉重的卢沟桥占据整幅作品三分之一还不到，而瑰丽的朝霞却有三分之二强，历史与现实，沉睡与觉醒，屈辱与辉煌，仿佛隔世，又仿佛在争辩，在升华。这一生动的画面，给人以更深的思考与启迪。

在我国数千年的文明史中，勤劳智慧的中华民族创造了光辉灿烂的历史文化，留下灿若群星、独具特色的文化遗产。陆秀祺到达云南元阳梯田时，这种感受极为强烈。

那是2006年春节过后的二月初八，早春的暖阳温和地普照，陆秀祺利用假期自费来到元阳。头天到，第二天凌晨三点多起床，就赶往海拔 1900 多米的哈尼族山寨。那时天还是黑黑的。陆秀祺知道，元阳县地处哀牢山南部，元阳梯田是哈尼族人世世代代留下的杰作。他们自隋唐之际进入这地区，开垦梯田，种植水稻，一千二百多年来，数十代人民以惊人的智慧和勇毅，创造了人类瑰丽的奇迹。梯田随山势地形变化，因地制宜，坡缓处开垦为大田，坡陡处辟为小田，大者数亩，小如簸箕，一个山坡往往有成千上万亩。这个季节正是梯田上水期，光洁如镜。他们等了一个多小时，东方有了黎明的曙光，规模宏大、气势磅礴的万千梯田渐渐地清晰起来。

这是大地的艺术，大地的雕塑，大地的诗行。陆秀祺面对太阳将要喷

薄而出，层层梯田像层层波澜自下而上地涌动，橙色亮明的一块块梯田与梯田间一条条柔美的曲线，和谐地谱写出壮丽、宏广的千姿百态、变幻莫测的天地艺术交响乐，心绪激越无比。他选择不同的角度，用逆光摄下了一幅幅壮美的画面。

《大地乐章》就是这组画面中的一幅，跌宕起伏的梯田占据整个篇幅的绝大部分，右侧绛红朦胧的山色树木，仿佛无限地逶迤而去，给予读者丰富的想象空间，作品气势磅礴且灵动，色彩沉稳又鲜明，层次丰富，立体感强。作品在网上点击率很高，受到人们高度的称赞。

2008年8月，陆秀祺又利用休假时间，与几位摄影家一道自费深入西藏。他们从青藏线进，川藏线出，历时一个月。他们的脚迹踏遍藏区腹地。喜马拉雅山北麓有个江孜县，建城已六百多年，比日喀则还早，位于后藏经亚东通往锡金、不丹的路上，素来为商旅往来的交通要道，是沟通前后藏的重要通衢。这里距拉萨 254 公里，地沃物丰，且文物古迹显赫，城区的白居寺是全国重点文物保护单位，始建于明朝宣德二年（1427年），海拔 3900米。江孜最盛名的是屹立于县中心山顶的那座城堡，它是闻名中外的宗山抗英遗址 "宗山堡"，至今仍保留着 1904 年江孜军民抵抗英军侵犯、保卫祖国领土的炮台，故有 "英雄城" 之称。

陆秀祺看着这座英雄城的高耸景象，想到这里一定有许许多多抗英军民壮烈的故事，一定有许许多多可歌可泣的英雄业绩，怎样将这座 "江孜城堡" 以艺术的形象留存下来？他四处奔跑，反复挑选视角，最后决定，以古老的白居寺为近景，从九层白色的十万佛塔与红色的院墙间眺望远方，一座高高耸立的英雄的宗山城堡，岿然不动，屹立在蓝天白云间。山高城为峰，有种厚重的历史沧桑感、人类精神的崇高感，同时又反映出深厚的藏族历史文化。《江孜城堡》在展出中受到人们的青睐。

珍贵的文化遗产，是我国多民族悠久历史的鉴证，是各民族智慧的结晶、精神的象征，也是各民族生命力和创造力的重要体现，是我们人类文明的瑰宝。陆秀祺将镜头重点对准我国的历史文化遗产，为保护、传承、利用、发展文化遗产，继承、发扬中华民族优秀传统文化，以弘扬爱国主义为核心的民族精神和以改革创新为核心的时代精神，畅发着诗意的呼唤。我们从他的视觉焦点所构成的光影之间，读到了诗意的流动。诗意是种境界，是从他浓浓的血液中流淌出来的。

|一个生命的诞生|

一九六四年下半年的一天，我母亲挺着蜘蛛那样鼓鼓的大肚，还蹲坐在地上打箩底。我们九口之家，仅父亲一个正劳力，在靠挣工分过日子的岁月里，生活有多艰难，可想而知。年近七十的祖母和放学回家的孩子，都得划篾、编箩，每天几乎做到深夜。箩筐自产自销，在市场上换回粮食，挣的钱又可交我们的学费。

母亲，从早到夜忙个不停。她坐在地上，腰已弯不下去，仍使劲地伸出手，将一片片篾用手指扣紧，没法子了，就用一块尺子样的硬竹片，对准编上的篾，用刀背在上面敲敲。随着一声声的敲击，刚刚编进的篾由弯变直，严丝合缝，好像紧密得水都渗不下去。

我坐在门口长廊，碗口粗的毛竹置在腰间的青布围裙上，用锃亮的篾刀对准它的梢头，喹喹地从梢破到根，再破成条，剃下篾青，划成丝丝长长的细条，供弟弟妹妹们编织母亲打好的箩底上面的箩面，即箩筐。母亲拖着那圆鼓鼓的肚子打箩底，实在太费劲了，我就说："妈，歇会儿！"她说："没关系！"过了一会儿，我回头见母亲从地上慢慢撑起来，拳头往后腰轻轻地捶了几下，脸上呈现痛苦的神情。

母亲从来不叫苦。

她是童养媳，十三岁到我家，没读过一天书，只是默默地不知疲倦地干活，我们兄弟姐妹已有六个，她忙不过来，手脚麻利，活就有些粗糙了。那时没有计划生育，生多少顺其自然。

母亲感觉到一个新的生命将要降临，吩咐我："锅里水烧起来，我好像要生了！"

那天，祖母不在家，父亲到生产队干活去了，姐姐和弟妹们也不知做啥，我已经记不得了。我是母亲这帮子女中的老二，能干点家活。我顾不得看看母亲的表情，问问母亲的感觉，只是噌地从竹凳旁站起，拍拍手上的篾屑，就跑到灶间取柴点火，送进灶膛，火苗旺旺的燃烧起来，烧得我心里也旺旺的，我很兴奋，又要增添弟弟或妹妹了。

那时，我不知道体谅父母。

"蜡烛拿出来插好！"母亲说，"慢点，来得及。"

母亲要生了，还在宽慰我。我还是赶紧将红蜡烛插在烛台上，又从灶堂边的小孔里取出温热的火柴盒，放置在烛台边。

婴儿骚动于母腹之中的感觉，只有做过母亲的人才有体味。那时我母亲肯定没有多想别的，只是想尽母亲的一份责任，平安生下已经十月怀胎的孩子。

母亲真的很快就要生了。她不像平时那样行走，而是扶着木板墙，慢慢地挪到灶间来。灶间的窗户小，多年的烟熏，显得比另间屋暗得多。两栏猪听到我在烧火和我母亲嚓嚓的拖鞋声，也都嗯嗯地叫唤起来，尤其那头母猪，叫得格外的响，前爪还扒到横栏上来，抬着硕大的头，使劲呼唤，好像是要我们给它喂食，又好像是要我们给予它这位母亲特别的照应。

我仍坐在楼梯下的灶膛边，一把一把地往里添柴。火苗噼噼啪啪的跳跃，声如鞭炮，又似在跳欢乐的舞蹈。熊熊的火光照得我和半壁屋宇红彤彤的。

"稻草垫块起来。"母亲的声音轻轻地传过来。

"好！"我满口答应，跑到门口，将一捆太阳晒得暖烘烘的干稻草抱回，平铺在灶旁，用两只拿篾刀的厚手砰砰地拍了拍，我担心母亲坐上去疼。母亲看着我，语气平和地说："好啦！"

那时虽是秋日，天还暖和。母亲穿两件上衣，着一条宽松的青色长单裤。她让我扶着，慢慢地蹲下去。我两手紧紧地拽着她的胳膊，我觉得母亲很沉，两腿都使上劲了。母亲的屁股接近草堆时，一下松弛了，砰的一声落下去。她坐在稻草上，深深地喘了口气。稻草散发着浓浓的太阳味，与母亲身上的奶香味、稻谷的清新气息，混杂着飘逸上来。

母亲要生了，我觉得很神圣。她松开我的手："那把剪刀拿出来，蜡烛点上。"

这时，一锅清水热气腾腾，灶膛里的火渐渐暗淡下来，房屋又恢复了原来的静寂，烛光却像一面飘动的旗帜，在暗淡的灶屋里唿唿地摇曳，又如一团鲜红的血在热烈地燃烧。

我搬来木桶，按母亲的要求，用开水烫烫，荡荡，再盛上半桶，让它慢慢地凉着。

什么也不懂，只听候母亲的叮嘱。可我能干我母亲嘱咐的一切。

母亲安详地坐在稻草上，我取了小凳，坐在她身旁。母亲没有正视我，两手轻轻地拍拍圆鼓的肚子，好像自言自语，又好像是对着我说："在踢呢！小脚在踢呢！"

是喜悦，还是期待？我说不清楚。只见母亲肚子上的青布衣衫一动一动的，我不知道母亲生产时会有多大的痛苦，我只知道我是母亲的唯一帮手。母亲平平静静的，好像我在她的身边，什么都行。

鲜红的烛光照在母亲安详慈爱的脸上，显得比平常红润了许多。过了一会儿，母亲闭了一下那双让我亲近、让我温暖的大眼，接着就紧紧闭着，嘴唇也紧紧地抿在一起。母亲真的要生了！我下意识地将手伸过去，母亲紧紧地捏住我，刹那间，我感觉到了母亲的力量，这是我长到15岁，从未感觉到过的一种力量，这力量越来越大，越来越坚强，我幼小的心灵仿佛被她那只坚强的手揪住似的，揪得牢靠得难分难解……

突然间，我听到一个什么声音，母亲那只钢钳般的手一下松开了。这时

我发现，母亲额头上闪烁着无数晶亮的汗珠，红闪闪地辉耀着灿烂；这时我发现，母亲蜘蛛般圆润凸现的青衫衣，已经垂落下来，显得苗条、清秀了许多。

我意识到，母亲已经生了，一个新的生命就降临在她的裤裆里。

"剪刀拿来！"母亲不容置疑地说。

我递过剪刀，母亲唰唰地剪开青布长裤，又递回我："蜡烛上烤烤！"

剪刀在火红炽热的烛光上反复烤着，听到母亲说好了才递过去。母亲从容地从裤裆里一手掏出什么，一手咔嚓地剪了下去，紧接着她利索地做了一个动作。后来我才知道，那剪的是脐带。咔嚓一声，我的小妹妹从此离开了母体。但在我的心目中，我们与母亲是永远连接着的，这根脐带从未剪断过。

就在稻草堆上，母亲抱着身上掉下来的这团肉，在木桶里清洗。声声幼稚清亮的啼哭，飞扬在血红的灶屋里，与猪栏里那头母猪和其他肉猪的叫唤声，热烈地交织在一起。

邻里的奶奶、婶婶闻得婴儿的啼哭声，匆匆地跑过来，看到这情景，无不责怪："怎么不叫声？！"

母亲淡淡地，又如感激："你们都忙！"

奶奶、婶婶们七手八脚地帮助，我这个 15 岁的儿子就靠边立着，不知干什么才好，只是他们叫我楼上楼下跑脚取衣服时，才像只兔子，连蹦带跳，觉得无比的轻松快活。

那时，我不懂得父母的艰辛。

母亲从没对子女说过一句孕育、养育的辛劳与苦痛，唯有的是微笑，和默默不停地做家务，编箩底，下地割麦子，收稻谷，如同她从容地一声不哼地坐在稻草上生下我的小妹……

后来，我们七个兄弟姐妹在乡邻中算是混得比较出色的了，可在一字不识的母亲面前，我们算什么呢？母亲终身守候在家乡的那方土地上，守候在那间被炊烟熏得暗淡了的灶屋里，可她守住的是我们奔走在天涯的子孙的心灵与精魂。

如今，生我、养我、爱我的母亲已经远去，珍藏着的只有无尽的思念了。

弥漫于历史与文化的乡情

　　冬去春来，天色回暖。我收到故乡文联盛情的邀请函，说的是义乌文联 1982年4月4日成立，风风雨雨走过了整整三十年的里程，让我这个与故乡有着血脉联系的人，值此感叙胸怀，写几句纪念性的话。看着粉红色纸页上跳动的亲切文字，浓浓的乡情不由自主地涌上来。

　　我出生在义乌北乡会稽山余脉的山沟沟里，青翠的凤凰山抱揽着小小的村庄，村后大片的竹林，碧绿碧绿，在山风中沙沙的吟唱，村前溪流潺潺，汇入大陈江，奔向浦阳江、钱塘江。村民们劳作间隙，拿根柴棍在地上练字、比字，他们虽然没读多少书，可练字成为终身的嗜好。有一年，我家请篾匠老师打了一轮"地垫"。外地人可能不晓得这个称谓，"地垫"即是用一片片竹篾纺织成，用以晾晒稻谷、麦子等农作物，一轮地垫可晒两三担谷。簇新的地垫滚卷起来，外侧要号上自家的姓名。有天，我叔叔拿来一把毛竹笋的干壳，捆扎，用小锤在一头轻轻地锤打，再在清水里冲洗，笋壳的筋，一丝丝地露出来，长长短短的显现，摸上去有些粗硬。我问叔叔这做啥，他说号字。不一会儿，他蘸得早已磨好的墨汁，握住这把笋壳，在地垫上刷刷地写起来。我看他神情贯注，顿挫有劲，一个好大的"王"字就落成了。紧接，他又蘸墨号上第二、第三个字，当第四个"记"字号完，又用另支"笔"书写了年月的小字，这才立起，自我端详起来。我们这帮小孩，是头一回看到大人写斗大的字，好奇，惊讶。我问爹："叔叔读过好多书？"爹说："没上过学，都是跟爷爷练的。"我爹还说，字是人的长布衫，穿在外，体面不体面，就显出来了。

　　五十多年前，我们那个小山村下方的板桥处，造起了一座大坝，山民们就散移到外面的村庄。在我后来居住的村落，见到几位比我爹、我叔的字还要体面的长者。村中建于南宋时期的祠堂，匾额"张大宗祠"四字，比我叔写得有气魄，更耐看。大人们说，这叫书法，书法有讲究，字里有好多名堂。村上有张、蒋、王、骆等姓氏，张家宋时出了一位兵部尚书，是读书出身。各个姓氏的子孙教育后代的头一件事是读书、练字，故，即使没有走出村庄的孩子，毛笔字也有两下子。几十年后，我才感悟，荣膺我国书法之乡的义乌，的确有着久远的历史渊源和厚实的群众基础。书画同源，故乡的书法家、美术家层出不穷，并雄称一方，自有她的出处所在。当然，这与地域的经济、文化相连，也与有关方的组织、引导密不可分。

　　长期在北京军事机关谋事的我，业余时间大多用在文学创作上。每当见到故乡朋友的文学、书画、摄影、美术等作品，在各类报纸杂志上发表，喜悦的心情往往超越自我。故乡的村民常说："长长竹竿晒衣裳，短短毛笔做文章。"这话我一直铭记于心，并勉励自己像竹竿晒衣那样不断沐浴灿烂的阳光，用诚挚的心抒发一位农民儿子真切的情怀。故乡的山山水水，故乡人民带有浓浓乡土气息的话语，和他们热忱、大胆、豁达的心境，以及从他们身上体现的"勤耕、好学、刚正、勇为、诚信、包容"的精神，像乳汁那样，滋养着我，激励着我。我是故乡人民的儿子。此时此刻，我不禁想起余光中的话，"乡情落实于地理与人民，而弥漫于历史与文化"。

　　去年春上，我所在的部队机关，组织全军的工程兵将士选送书画摄影作品，"七一"前夕在北京布展，并出版集子《阳光高照暖军营》。主持这项工作的一位将军，约我写个前言。我想，文化是有根的，我们文化的根，是深深地扎在亿万劳动人民之中。中华民族大厦，是以坚实厚重的华夏文化作基石的，就像我们的根扎在故乡的土地上那样。我写了三百字，其中有句："文化是民族之根，艺术是心灵之魂。"文学艺术反映的该是人民的心声，又是我们灵魂的审美写照。

面对故乡文学艺术界的瑰丽景色，我感到振奋。长期游弋于京城与江南之间的我，始终将故乡作为文学艺术创作的源泉。故乡包含深厚文化底蕴的每一寸土地、每一个场景、每一段里程，富有磁性地吸引着我，感染着我。时光的抚摸，原本刚雄的胆魄，业已熨帖，而弥漫于历史与文化的乡情，依然是我前行的推动力。

|《蓦然回首》序|

早春二月，收到故乡的汪炜作品集，为之一怔。一位高中文学社社长，在《美文》《文学校园》《语文报》《作文评点报》上发表文章，有的获全国中学生创作大赛一等奖，称为"小作家"，并获全国"最佳文学社社长"荣誉。进入大学，仍于学习间隙笔耕不辍，感抒胸襟，屡有作品问世。二十岁的青春年华，竟有《蓦然回首》，让人欣喜与振奋。

生活是文学取之不竭的源泉。汪炜在高中和大学一年级时创作的作品，大都是以这段在人生中难能磨灭的生活为素材的。生活有其本真的广泛性、丰富性、复杂性。汪炜怀有一颗炽热的文学之心，观察、发现纷繁现实中的创作素材，去粗取精，去伪存真，由表及里的煅烧，从中提炼精神内核。《一个高中生和他的班主任》是较有分量的一篇。作品中的"我"开始觉得"这个老师不仅能授之以鱼，还能授之以渔"，仿佛感到了希望，加之父母的急切期盼，送了礼，"我"换到了前座中间，"班主任"格外的关注，增添了"我"的信心。但事隔不久，"我"发现"班主任"并非想象的那样"德才兼备"，"不畏权贵，坚

持原则"，后来一波三折的事，更让"我"认识了"班主任"所作所为的真实内心。文章是以一个高中生的真切感受为线索，娓娓道来，一个世俗的班主任的形象跃然纸上，一位为了儿子可以舍弃一切的"妈妈"形象也活生生地推到读者面前。倘若没有作者对生活的深切感受与体悟，是决然写不出这样细腻、动人的作品的。小说是以塑造典型人物为基点，给读者以审美判别的。阅读该作，我耳目一新，又有一种寻求纯洁教育心灵的感奋漾上心头，一种对现代教育体制的批判意识也漫溢全身。这就是作品给予的智慧与力量。

对生活的感识与批判，让汪炜的作品富有灵魂。《包子的故事》中的马师傅每次见到领导模样的张军，"笑容可掬"地卖给"一块钱的包子"，后又"回头又多拿了三个"，并用一种敬畏的神情轻轻地说"不用刷了"。得知张军是刚招进在领导身边工作的临时工时，马师傅阴沉地看着张军，刷卡时还多扣了一块钱。生活的小事生发一个人的灵魂，作者对马师傅这类"拍马"图利人物，进行了无情的讥讽与批判，张扬的是正气与清气。在《人情与为官》这则随笔中，汪炜例析了历史上人情与为官之道的一些人物与现象后，用浓重的笔墨阐述，在中国这个注重人情、亲情且宗法色彩浓厚的国度里，我们该更理性地对待这一文化传统。人情文化既能安抚人心，稳定社会，又能激化社会矛盾，不利于法制建设。"是精华中有糟粕，糟粕中有精华"。他深感在文明程度越来越高、法制建设不断加快的今天，"依靠'人情'手段攀附'为官'的，真该休矣！"言语间，鲜明地揭示了社会的某些症结，表达了作者真诚、善良、明正的立场，以及他那追求美好的不懈努力的信念。

人类是在思索中不断前进的。汪炜的思索不时闪烁璀璨的光亮。他用勤奋的文字，将这些绚烂的思索记载下来，便有了数量可观的随笔。随笔是很见作家功底的。读汪炜的随笔，一道道炽热绚丽的光芒不时在眼前闪耀，给人惊异，又散发着热烈与清醒。《始终属于自己的东西》有言："在《明朝那些事儿》中，当代明月对其很多叱咤风云的人物都泛泛而谈，反而对李时珍、徐霞客这些人物不惜笔墨，我个人觉得作者就隐含了这层意义，只有真正的精神文明才能流传千古。"历史已经无可辩驳地证明，利益、权力，随着时间的流逝，已经烟消云散，而文明精神才是人类至高的境界。《释迦牟尼的诞生》中，作者敏锐地指出，现在的中国社会，"给浪漫主义色彩取了一个名字：不成熟"，其实是"一些道理没有融入这个世俗社会"，"思想家和哲学家就是抵制融入才成为思想家和哲学家的"。斯言道出了人类进步的某些动因，也道出人类追求真谛者总是在寂寞中孤独前行。大山深处的一位放羊娃回答记者的提问，放羊为了赚钱，赚钱为了造房，造房为了娶媳妇，娶媳妇为了生娃，生娃为了放羊……作者喟叹："贫困竟会带来这样的麻木！"然而，他发现，身居现代城市的各式人们，有着别样的麻木，"人生道路便是套路，很少有人能穿越这个套路。"《寻觅》图求的是在寻寻觅觅中，冲破体制与思想的束缚，抵达理想的彼岸。文章给人以启迪与思寻，难能可贵。

汪炜蓦然回首，觉得"人生已经从少年跨入青年，跨入社会人的行列"，"二十年华不再，成败得失，喜怒哀乐，都将化作淡淡的轻烟"。同时，他"发现那些足迹歪歪斜斜，深深浅浅"，"或是尴尬的记忆有了另一种想法，或者在一些灰暗的记忆中感叹自己的幼稚"。这种对生活、创作的感验、体悟，是基于对前景的憧憬与希冀。成长过程如二月天，迷蒙的烟雨，明媚的春光，遍地的花草树木虽然稚嫩，却是那样地蓬勃可亲，那样地富有生机。再过十年、三十年、五十年，该是怎样的一番盛景？又有何样的感慨？在文学这块辽阔、神奇的原野上辛勤耕耘的作家，该有怎样的期待？广大读者和作家群，又会以怎样的赞许目光和言语，来评述当年这位富有才情的青年作家呢？

我们期待，春花般的鲜丽与灿烂，秋实似的丰厚与辉煌。

千 年 守 望

万里长城，绵延起伏在我国北域的崇山峻岭、大漠戈壁上。

长城，是古代游牧文化与农耕文化矛盾冲突的产物，是农耕民族为了防御游牧民族的侵扰，渴望和平希图安康的雄伟显现，又是中华各民族集体智慧的壮美化身。

长城，如一座座雄奇的雕塑，一幅幅瑰异的图画，一曲曲恢宏的乐章，以无与伦比的美感，呈现在世人的视野里。

人类文明的璀璨历史，闪烁着灿烂的光芒。

不同肤色的男女朋友，怀着各自的憧憬，走向长城，敬仰长城。

东起丹东虎山，西至嘉峪关，古长城经历漫长的风雨侵蚀与战争创伤。仰望长城，高耸的烽火台仿佛还升腾着边塞的狼烟，残破的碟墙依然回响昔日炮火的轰鸣，朔风中摇曳的荒草，飘动的是守城将士破旧的衣衫，而城外那块块将士们用汗水夯平的场地，至今仍回荡着古时边关各族人民贸易的吆喝声和欢笑声。

游牧文化与农耕文化，在这里交融，人民安定，和谐，发展。

长城，成为民族渴望和平的表证。

走进长城，我们感受她的崇高、坚强、不屈、雄伟；感受她的热忱、勇猛、激昂、悲壮。

走进长城，我们感受中华民族长城文化的深厚底蕴，感受长城文化所倡发的民族精神的精髓与忠魂。感受长城，感受生命。"起来！不愿做奴隶的人们！把我们的血肉，筑成我们新的长城……"

长城，中华民族的象征。

如今，长城是旅游胜地。中国首位用脚步量长城的董耀会，资深长城研究专家，中国长城学会常务副会长。他说："每年数百万各国游人登上长城，沉浸在感受人类祖先智慧结晶的愉悦之中时，脑海中闪出的灵感和神思，完全跨越了民族与国籍的限定。"

挡得住胡马，挡不住流年。长城在千百年的风霜雨雪中残损、破衰。董先生以哲人的目光告诫我们，要学会接受、欣赏长城的残缺美，在安详与忧伤中感受快乐。

"我们投入感情，领略穿插在每块长城砖里色彩斑斓的故事，领略彰显激烈之力量的长城灵性。长城的残垣断壁，叙述着岁月的无情，也表示着长城的不屈。"

有位美籍华人，八岁随父移居海外。随着年龄的增长，思乡之情与日俱增，年近八旬仍飞越重洋，扑向故土的怀抱。董先生陪同。"他站在长城上流泪，没有说什么，但我理解他深挚的思乡感情。我看见了一位远离母亲的游子，归来相拥而泣的激动，我听到了他倾心地与长城交谈。"

中华儿女与长城，有着永远割舍不断的情缘。

长城，是世界物质文化遗产，她属于中国，又属于全人类。

保护长城，成为我们神圣的使命。

笔者数度赴长城脚下采访。当年跟随戚继光南平倭寇、北修长城的将士，很大一部分终身与家人一道，坚守在长城上，从而在长城下繁衍出一个个戚家军后裔的古村落。他们深情地对笔者讲述先辈坚守长城的一个个动人的传说，讲述他们祖祖辈辈以长城为家、保护长城的感人故事。

他们对长城怀有特殊的感情。兴奋时，面对长城高歌；忧伤时，抱着长城哭泣。长城，始终是他们倾吐情感的绝佳之地。

长城，是他们的生命。

有位戚家军——义乌兵的后裔告诉笔者，抗日战争最为艰难的时期，有队鬼子到他们村庄建造炮楼，逼他父亲和乡亲供出八路军的藏粮之处。鬼子将他父亲拖上城墩，扬言如不说就推下长城命坠悬崖。他父亲像当年

祖先戚家军那样气宇昂轩，坚贞不屈。鬼子残忍地将他父亲推落，万没想到，他的衣摆挂在城墩的水槽上。深夜，村民悄悄上山救下他。他后来对子孙说："是长城救了我的命，我们要世世代代保护长城！"

在没有任何报酬的情景中，他们风里来雨里去，自觉巡视长城，如今成为全国闻名的长城保护员。

长城脚下，有着这样一批自觉为保护长城而履行使命的农民兄弟。

在他们的心目中，长城是民族苦难历史的载体，又是民族抗争与复兴的标志。

可我们仍然揪心地看到，有些地方机构、村民为了谋取短暂利益，拆毁长城；有的游客，随意在长城上留下不应有的印记，抛下不应有的物件。

除了照片，什么都不要带走；除了脚印，什么都不要留下。保持长城古朴的魅力！

保护长城，是每个公民神圣的责任。

数千年来，我们华夏子孙修建长城，保护长城，守望长城。

守望长城，就是弘扬长城文化，守望中华民族的精神。

久远的岁月没有被历史湮灭，透过迷蒙的凝云，我们更为清晰地窥见长城的瑰丽与绚烂的本质。

有一年国庆节，笔者在天安门广场用无数鲜活草木搭筑的长城模型前，见一位须发斑白、满脸沧桑的老人，给一群胸前飘动鲜艳红领巾的少先队员讲故事。老人着一身旧式军装，依然透射着英武之气。

"一块一块砖垒起来，众志成城。长城，我们民族的精神，我们民族的魂啊！"老人话语淡定，却饱含深意，"你们年轻，我是老朽了。打江山容易，守卫江山，建设江山难。我们民族的根基是牢靠的，但经不起你拆我损。团结就是力量。我们祖国的长城，是靠一代一代优秀儿女守望的，以后就倚仗你们了！"

真挚的嘱咐，谆谆的教诲，宛如洪钟，久久在耳旁回响。

春笋破土时

小时候，会稽山余脉老家那个地方，漫山遍野是茂密修长的竹子，清风吹来，翠绿的竹叶带动竹梢有节奏的摇曳，沙啦啦！沙啦啦！好像唱着一曲曲永无休止的歌谣。

上世纪五十年代初年，田地山林属私人所有。在山靠山，在水靠水。我们那个镶嵌在大山皱褶中仅有三十来户人家的小山村，田地极少，主要是用山上的竹子编织箩筐、提篮、簸箕，挑到市场去买，再籴米回来。蔬菜大多自己种，小溪中的鱼，山上的笋，便是村民终年的美食。

春雨潇潇。落过几阵，村民们好似听到了春笋破土的声音，吩咐孩子上山。这时，山野便成了孩儿们的天下，有的提篮，有的扎围裙，有的拎把小锄或柴刀，你推我拥地往山路上跑。清晨，溪流淙淙，翻出无数的水花，路旁杂草柴枝上晶莹的露珠，在朝阳里闪着美丽的银光。我穿双小草鞋，腰扎绳子，联结背后的木质刀篮，刀篮里的钩刀，随着越涧过沟的脚步，当啷当啷的响动，好像早早要跳出来，寻找山野里的春笋。

头茬春笋特别的鲜嫩，大人炒菜加料时，夸上几句好话，更激起我们浓烈的兴趣。

有天傍晚，也就是各家吃饭的时候，张家大婶端着碗，在我们上厅那么多人前拉着长腔："阿拉山里笋，偷了好几根，偷笋吃，烂肚肠！"她眼神瞟着我家门，邻里不约而同地朝我家看。我心里很不是味道，欲冲出去辩解，祖母拽住我，慎重地问："你挖了？"我说："谁偷她家笋啦！"

这一夜，我好久没眠熟，总觉得委屈。张大婶，你平时一会儿说这，一会儿说那，敲琴似的，今天冤到我小孩身上了！

　　第二天放学回家，张大婶在门场上翻晒笋干，我放下书包，扎好青布围裙，带把钩刀又出村往山里走去。跳过溪流的几尊石磴，回头却见张大婶在村旁那棵樟树后窥视。待我拐过一道山弯，张大婶快步追了过来，当我上了山梁，进入一片竹林时，我隐约见到她在那个山弯处悄悄地瞄着我呢！

　　这山梁，正是我家与张家竹山的接壤处。其实，那时的山，没有绝然的界线。你家的竹鞭伸向我地，我家的竹竿斜向你家的空间，接壤处的竹子，往往谁也不斫，邻里关系，就如这密密麻麻的竹林，茂盛挺秀地伸向天际。

　　我们那块山地主要生长毛竹，粗壮、结实。几番春雨的滋润，毛茸茸、棕褐色的笋尖，饱经漫长严冬的蓄念，刹那间冒了出来。我细心地扒去周边松厚的黑色积土，淡黄、乳白的笋衣裸露。这是一根直溜、壮实的竹笋，应该留下，让它茁壮成长为参天的竹子，与周围的竹子呼啸成汪洋的竹海。我们平时挖笋，主要是将歪、扭、残的掏出，仅在过密处，很有分寸地间一两根。成材的竹林，是山民的财路啊！那天，我恶作剧，特地挖了三根上好的张家竹笋，背下山来。

　　还没进村，就被逮住了。张大婶一把揪住我的衣衫，往我们居住的上厅里走。这时，炊烟袅袅，一家家河卵石砌垒的二层楼房，正门洞开。张大婶吆喝："快来看哪，我抓到偷笋人啦！"张张熟悉的面庞，目睹张大婶对我的数落。我祖母正在长廊上划篾，立时放下篾刀站起，满脸疑惑，裹过的小脚向前移了几步，又停住了。

　　"哪个偷你家笋了？！"我故意辩护。

　　张大婶左手抓住我的胳膊，右手拍拍我鼓囊囊的围裙："这就是！"

　　"不是！"

　　"就是！"张大婶的声音，铁锤敲在木板上，嘣嘣响，"我亲眼看见他爬上我家竹山的！"

　　邻居的爷爷、奶奶、伯伯、叔叔、大婶和孩伴的眼睛都直溜溜地看着我的围裙。

　　我犟嘴："不是就不是！"

张大婶见我一再狡辩，夺过围裙："你说不是就不是啦，让大家看看！"

青布围裙解开，哗啦地落下三根钩刀劈削过的柴桩。这一刻，空气凝固了似的。张大婶如被人击了一掌，瞠目结舌，哑然失色。

围观的人群一片"哇"声，先后转过头去。祖母静静地走过来，拉我回家。我心里得意，可把这口怨气吐出去了！

夜幕降临，小山村从喧闹中寂静下来，家家户户掌灯，有的点燃水中浸泡过的篾竿，忽明忽暗的亮点闪动在迷茫的夜色之中。我提起围裙，独自走向山口，从山神庙的后墙脚取回三根毛竹笋。

刚跨进家门，祖母两眼盯住我，脸上的表情没有了往常的慈祥，我向她诉说了事情的缘由后，祖母严肃地说："人哪，不能以错还错，以怨报怨。天地有道。"

我没有完全听懂祖母的话，觉得她说我们做的事，老天都是看得见的。

祖母接着说："小小年纪自作聪明，走，到大婶家走一趟，赔个礼，笋还给她。"

小脚祖母拉着我走到大婶家门时，大婶有几许的疑虑，当然还有几分的恼怒。祖母拽我立在大婶前，她把事情的前因后果说给大婶一家听，还替我道了歉。大婶的脸色，在我祖母的述说间由阴转晴，如见到太阳那样豁亮开来。祖母要我当着他们的面，叫声大婶。我不好意思地轻轻唤了一声，大婶把我拉到身旁，对我祖母说："小孩没有错，错的是阿侬！"

从那后，大婶好像变了个人似的，我也仿佛一下长大起来。后来，我们那个小山村下筑起一道大坝，三十来户人家分散移到山外的十几个村庄去了。邻里们许久没见，都有想念之情。我考上初中时，张大婶拎着东西来看我，嘱我好好读，将来有出息。当兵回家探亲，我曾去看望过她。前两年我回老家，跟已经八十大几的张大婶说起昔日偷笋的事，她笑得咯咯的，满嘴只剩下两三颗残牙了。

|镇 海 吼|

　　沧州文学院更名为王蒙文学院，北京有几位作家应邀参加揭牌仪式。过去对沧州的认识，只在《水浒传》和语文课本中，林冲手持长枪在漫天飞雪中走向山神庙的形象，至今仍深刻地留在脑子里，沧州又以荒凉、僻远的印象储存在记忆的屏幕上。如今的沧州，道路宽敞，高楼林立，一派繁华的景象，让我们感叹不已。人们常常追踪历史，思古忧人。当我问及山神庙时，主人呵呵笑道："施耐庵纯是杜撰，宋代根本没有林冲这个人物，更没有林冲发配沧州这一说。施耐庵把我们沧州坑了。不管是好名声还是坏名声，《水浒传》给沧州扬名啦！"

　　我还有所不舍："如果有座山神庙，加上这个广为人知的故事，真可成为一处景观，拉动旅游业。"

　　主人说："当地有则民谣：沧州的铁狮子，定州的塔，正定的菩萨，赵州的桥。沧州最出名的是铁狮子，有千年历史，世上独一无二。沧州简称狮城。"

　　恕我寡闻，惊讶中又生欣羡之情。王蒙文学院的揭牌仪式安排在第二天，我们几位初次踏上沧州的作家，就在蒙蒙的秋雨中乘车去观赏铁狮，路旁的杨柳飘动着缕缕的温柔，葱翠的景色迷蒙在烟雨之中，仿佛置身于我的江南。

　　听朋友说，北宋沧州地处边防，宋辽军队常在这带作战。据说当年的穆桂英，身怀六甲仍横戈马上，杨宗保怕有闪失，劝她回营，自己领兵攻阵，可战事紧急，穆桂英顾不得自身安危，挥舞绣绒宝刀杀入敌阵，正当酣战时，突然腹部疼痛难忍，跌下战马，在蓑草地上生下杨文广。她撕下一块战袍，裹住啼哭的婴儿往怀里一揣，提刀上马，又与敌人厮杀开来，运用"反背撩阴刀"，将敌帅拦腰斩断，大破天门阵。那片落生杨文广的蓑草地，被鲜血染红。一代一代又一代，这块位于沧州南白马寺西侧的坑面大小的蓑草，至今仍是血红，轻轻摇曳在万绿丛中。

美丽的传说，让人心动。

当我走进开元寺遗址，地上一小块用有机玻璃笼罩的红蓑草，醒目地与来客静静对视。

从她殷红的血色中，我们仿佛窥见当年巾帼英雄的飒爽英姿，感受她捍卫祖国疆土的壮烈情怀。

当然，在开元寺遗址，我们最为震撼的还是那尊昂首瞪目、雄姿勃发的铁狮。

沧州濒临渤海，古时海难频繁，当地百姓遭受深重的灾难。五代后周广顺年间，建于唐代的沧州开元寺住持，倾听民众呼声，为祈求一方平安、百姓安居乐业，拿出寺庙的累年积蓄，又得方圆百里乡贤庶民的善举，决意铸造铁狮镇海。他的举措，后来得到地方官府与皇上的支持。他亲自设计图样，东西奔波，邀请州府最著名的铸造师和他的弟子，从邯郸拉回铁锭，在开元寺前造炉铸铁，运用分节叠铸法和蜡铸法，从爪到头分二十一层，将五百零九块铸铁块（范块）连接，一座造型古朴、威武雄健的铁狮，巍然屹立在人们面前。

千年后的今日，考古学家用现代的方法测量，铁狮子高6.30米、宽3.17米，腹部周长8.50米，颈部周长5.11米，重约四十五吨。铁狮背负文殊菩萨莲座，有着浓郁的佛教意象。颌下至今清晰可见"狮子王"三个字。人们俗叫狮子王，也称镇海吼。在民间，广为流传铁狮斗恶龙的传奇故事。从那以后，海难真的被怒吼的铁狮吓退了似的。

沧州，顾名思义：沧海桑田。果真，历朝历代在这里战事频发，世事变幻多端。就明史记载的那场沧州之役，骇人听闻，毛骨悚然。朱元璋逝世，其孙朱允炆继位，改元建文，史称建文帝。他听信近臣"削藩"的建议，不到一年先后废了数位皇叔的王位，令燕王朱棣不安，他扛起"清

第三辑 125 故乡的野菜

君侧"的大旗，举兵发动"靖难之役"，南北大军在华北大地上拉锯式的争夺。建文二年，燕王军队攻破沧州，沧州军民被杀六万余，全城硝烟弥漫，血溅残垣，太阳都变成黑色，开元寺也在滚滚浓烟中化为废墟，唯有铁狮依然耸立，发出震耳欲聋的悲鸣。

自此，沧州便移治运河之滨的长芦，成为现在人们亲眼目睹的沧州市区。而那片血肉搅拌的废墟，更为当今沧县旧州镇的辖地。我们站在这片生长着茂密的玉米、大豆、高粱和飘荡着金丝小枣悠悠清香的土地上，心中升腾的是阵阵幽沉的历史苍凉感，以及老百姓屡遭政治、军事杀伐的无奈喟叹。

秋雨如丝，潇潇飘零，分明是老天的无数泪水，倾泻着人间的不尽悲怜。

一千零六十年前铸造的雄伟铁狮，展现了当时我国铸造工艺的最高水准。沧州铁狮于一九六一年被国务院定为首批国家重点文物保护单位。可在上世纪五十年代，人们为保护它，在苏联专家的指导下特地为它建造了亭子，不料，铁狮受不起这份宠爱，千年日晒雨淋无恙，现在却变得锈迹斑斑，有关部门不得不拆除保护亭，让其再度裸露在光天化日之下，铁狮又恢复了它原本的容颜。当人们将在低洼处的它置于高筑的水泥台供人敬仰时，它粗壮的四肢出现裂缝，文物部门又不得不采取措施。看来，铁狮本该立在泥土上，受天地之灵气，与沧州的黎民百姓同呼吸、共命运。

在绵绵的秋雨中，我们伫立在历经千年风雨的铁狮前，透过它黑黝的肌肤、雄健的体魄、高昂的头颅，仿佛再度看到了它的坚强、坚韧、坚定与豪迈，在它深沉的血脉中奔流的不正是沧州人民炽热的鲜血吗！

我国著名文物鉴定家史树青到沧县旧州，挥毫题词："沧州铁狮在我国冶铸史上，前与商代司戊鼎，后与北京永乐大钟鼎足而三，其造型生动，如闻吼声，中华崛起之象也。"沧州是中华民族的缩影，在新时期、新世纪发生了翻天覆地的变化，从大运河走向渤海湾，到处是一派盎然的生机，人民扬眉吐气，走上了繁荣、幸福的大道。

天上响起阵阵滚雷，犹如雄浑的气壮山河的狮吼，传向四面八方。

第四辑

我的文学梦

|闻莫言获诺奖所想起的|

喜闻莫言获诺贝尔文学奖时，正在江西采风，是我女儿从北京第一时间告诉的，她很兴奋，我立即给莫言打电话祝贺。手机关机。莫言向来是位低调的作家。正如女儿在电话中说，莫言这时正在家乡高密呢！在这样的荣誉传来之际，莫言在相对比较平静而又温馨芬芳的故土上，我理解他。

莫言获诺奖，既体现了诺贝尔文学奖评选委员会所秉承的价值原则和评选标准，也是对创作成果丰厚、杰出的当代中国作家莫言的认同与致敬。这是中国作家多年来热议的话题与期待。是莫言的骄傲，也是中国作家的骄傲。

初识莫言是在一九八七年初春。那时，总参组织《来自总参谋部的报告》作品修改研讨会。莫言军艺文学系毕业，回到总参，是总参的创作骨干。他拎着个军用挎包匆匆走进会议室，我俩座位挨着。快到吃午饭时，大家还很热烈。我从随身的包里摸出饼干，咯嘣咯嘣地在嘴里嚼。莫言问你吃什么，我说苏打饼干。他疑问，胃？我轻声解释，最近患十二指肠球部溃疡，胃酸多，饿了就痛。他说我也有。我忽地想到，是不是动脑子、写东西的人都有？就问他的感觉，他说我是食管接到肛门上。我被他的调侃逗乐了。

莫言是在军艺文学系就读时创作发表《透明的红萝卜》《红高粱》的，当时就震动了中国整个文坛。我们这些文学青年，哪个不羡慕、不钦佩、不跃跃欲试呢！莫言他们是文学系的首届学员，第二届招生时，军队的一大批专业作家和业余作者争相报考。庆幸的是我有机会走进接受文学教学的殿堂，感受那种难能可贵的强烈求知欲和创作氛围。毕业后在总参的文学活动中，我们经常在一起，平时也常有电话往来。

那时的总参文化部门，重视文化建设，爱惜人才。基本是每年编辑出版一本有关总参系统的文学作品，莫言重点是小说创作，也写报告文学，那多是遵命之作。

一九九一年夏，华东地区遭受多年不遇的狂风暴雨，连续的倾泻使京沪铁路大动脉中断，机场也被汪洋包围。总参所属部队、院校、科研所的广大指战员、教职员工、科研工作者积极投入这场突如其来的抗洪救灾，发挥了其他单位与团体难以替代的重要作用。事后总参组织采写报告文学，安排我和莫言到南京、无锡等地采访。那次，莫言着便服，我也穿便装，同住一屋，白天到部队、受灾地采访，晚上在房里谈人生，谈文学。采访空隙，莫言总要到所在地的书店去看看，寻得福克纳、马尔克斯等世界文学大师新近翻译、出版的著作。在南京，朱苏进接我们到他家吃午饭，边吃边聊文坛逸事，蛮是开心。到上海，我们住的地方离王安忆家不远，她单肩挎只坤包，步行来接。王安忆爱人很能干，我们喝茶说话，他下厨炒菜做饭。上海男人除了自己不会生孩子，家务事，样样在行。回到北京，莫言写了《一夜风流》，我写了《机场保卫战》，编入一部作品集，我的散文《江南采风》编入另一集子。

莫言为人谦和、真诚，从不说假话、套话，就像获诺奖后接受中央电视台记者采访那样，依然饱蕴胶东高密农民的质朴、善良，又如土地一般的深厚、坚实。对于刚刚进入文学的人来说，莫言《红高粱家族》跋中那段话，有着深刻的印象："怎样写好长篇呢？想了半天忽然觉得也不必谈虎色变，无非是多用些时间，多设置些人物，多编造些真实的谎言罢了。

对于长篇小说应像对待某种狗一样，宁被它咬死，不被它吓死。"对于前一句，莫言后来作了评说，增添了新的认识；对于后句，他是再次肯定的。这位山东汉子，说话慢声静气，可进入创作状态，就如天马行空，独往独来，情感与语言恣意汪洋，饱满且有张力。有时像江河决堤，倾泻而来，颇有气势。记得他的第二部长篇小说《天堂蒜薹之歌》，是躲进总参测绘局的招待所，听说是用17天还是19天，一气呵成的。后来的杰作《生死疲劳》，也只用了43天。

文学需要天赋与灵性，还要有莫言这样的创作状态与精神。莫言的长篇小说《酒国》《丰乳肥臀》，都是在他军旅的岁月里挥就的。《丰乳肥臀》是部有分量的作品，发表后获"大家红河文学奖"，奖金10万元人民币，为我国有史以来文学奖项最高额。这部民间史诗性书写的成功之作，立即引起强烈反响，也引来巨大争议，社会上"骂声""责声"不绝，所在单位又组织召开"帮助会"，霎时将他推向风口浪尖。莫言骨子里是位忠诚于普通百姓的中国农民的子孙，他的这支笔张扬的是人类共有的人性的悲悯情怀。从这一点上，我们自然看到他比那些自以为对政治颇为精通的人物的心灵，要高峻挺拔得多，而莫言的内心感觉仍是低微，他始终是与最底层的老百姓融合在一起的。面对各种鼓噪与批判，莫言有感慨。他在《读鲁杂感》结尾处写道："俺本落水一狂犬，遍体鳞伤爬上岸。抖抖尾巴耸耸毛，污泥浊水一大片。各位英雄快来打，打下水去又一年。不打俺就走狗去，神州处处桃花源。"从中可见他的坚定与自信，依然高昂傲岸可贵的头。

正是《丰乳肥臀》受骂挨批的一片狼藉声中，有人惶恐，惧怕莫言玷污了他们的前程，推他离开部队。众多战友、文友为之不平与惋惜，也有人窃喜。世事就这么的奇妙！莫言对生活、工作了二十年的军队，怀有很深的情感。这一走是坏事变好事，还是好事变坏事，是人生中的不幸还是万幸？哲学家们老爱拐来拐去。其实，生活就像一条河，该怎么的就怎么的，它总要流向大海。

二〇〇〇年初的一天，刚从军艺文学系毕业的一位青年作家慕拜莫言，望我引见。我给莫言打了个电话，他说来吧。我陪他走进莫言那套小屋，喝茶叙谈。其间莫言问我用电脑吗，我说笨，还用笔。他说你来看看我用电脑。我随他走到书房，他在电脑键盘上啪啪地示范了几下，屏幕上显现他正在创作的一篇小说下的几个字。他说："我也是刚学，练起来还是方便。"现在我还是捏支笔杆，尤其是查阅、转发，不会电脑真是不便。那次见面，莫言签赠我们各一本刚出版的他的中篇小说集《师傅越来越幽默》。书名这篇小说，张艺谋拍成电影《幸福时光》，但没《红高粱》那样火爆，震撼世人。

我家乡的文朋好友羡慕、钦佩莫言，文联领导要我邀请莫言等几位著名作家到我家乡去讲课。那年，我们已约定，但中间因突然事变未能成行。我家乡的作家，至今仍为此而遗憾。

莫言转业后笔锋犹健，接连创作出版了《檀香刑》《四十一炮》《生死疲劳》《蛙》等长篇小说，还出版了数部中短篇小说集与散文集，诸多作品在国外出版发行，文学的影响越来越显著。有天我见到时任中国散文学会副会长兼秘书长王宗仁，说起读莫言散文随笔的感觉，他说你的想法很有意思，把它写出来。几天后我写了《道法自然——读莫言散文》，发在一家报上时删缩了，《中国散文》刊用时，题目改为《我读莫言散文》，那时我用的是笔名王籽樾。

有位记者采访莫言，莫言多次谈到就读军艺文学系时的文学感悟与军队的情结。现在他仍有创作军事文学的冲动。他说："现在我离开部队了，我想再来写一篇军事文学，献给我曾经一直服务过的这支军队。出炉的时间很难说，看看二〇一二年能不能出来，估计得用一年的时间能够完成，并且我想这部作品不会在水平线之下，让我们的军队的战友、军艺的这些校友们看了应该高兴。"

作为莫言的战友、军艺的校友，我心中的激越火般的燎起。我相信大批的军旅作家和广大指战员，都为之兴奋。我巴望早日能拜读到莫言的这

部大作。

诺贝尔文学奖授奖词说莫言"将魔幻现实主义与民间故事、历史与当代社会融合在一起"。瑞典文学院于 10月11日的一份新闻公报中说："从历史和社会的视角，莫言用现实和梦幻的融合在作品中创造了一个令人联想的感观世界。"诺奖依据的是文学价值。莫言获奖，是文学的胜利。

莫言的心态是平静的。他最近的一首打油诗《写给自己》，是心灵的写照："莫言已经五十七，心中无悲也无喜。经常静坐想往事，眼前云朵乱纷披。人生虽说如梦幻，革命还是要到底。革命就是写小说，写好才能对得起自己。"有趣，亦有意味，仍旧不脱他幽默的风格。

故有情人

有位作家写过一首诗《情人的血特别红》，还以此为书名，出版诗歌、散文、评论自选集。情人这个字眼热乎乎、火辣辣的，给人一种玫瑰色的诱惑。我的情人几十年不离不弃，从中还演绎一些情意绵绵的故事。

在我上高小放暑假的一个阳光朗朗的上午，邻居一位上衣口袋插支钢笔的孙家帅哥，捧着一部砖块厚的书，坐在门口板凳上低头默看，我叫了几回都不理，冲过去："看什么呢？"他还过神来："这是翁本泽翻译的小说《玛丽娅》，啧！"翁界是邻村，仅距一华里。翁本泽是穷苦农民的儿子，新中国成立前，他与哥哥翁本忠晚上为人算账，白天读书，靠自己的本事哥哥南京金陵大学中文系毕业，他读哪个大学记不得了，后在大学当教授，翻译了好多著作，都有学问。在我们那伙进校不久的农家子弟眼中，翁氏兄弟简直成了神。那时我心中埋入一颗种子，书是跳出山村、走上学问之路的登天之梯。

"文革"断送了我们学业，那帮农家子弟各走其道，我进了绿色的军营，在操枪扛镐间隙，视书为精神的依托。部队所处山沟沟，文化生活十分匮乏，想书如念初恋情人，写信请老家的同学、朋友寄，脚尖在低矮的工棚前踮了半个多月，也很难念见军邮车送来意中之物。待到苦涩的眼睛挤不出泪水时收到书籍，仍是情不自抑捧在手，端详封面，热烈地亲上一口。

亲书成了我的嗜好。久而久之，书就成为我的故有情人。

调到北京，情景有了翻天覆地的变化，家里的书挨挨挤挤立了一屋，我每日拥抱它们，它们也拥得我喘不过气来，搬家时，处理了好几千册。现在想起后悔。如将它们送给家乡的图书馆，届时回乡，还可以与这故有情人会会面，说不定，那一部部书的嫣然一笑，会勾起我隐在内心深处的诸多情思呢！

前几年，我在《作家文摘》上读到北大教授乐黛云著作的连载，觉得该将此作收入书房，便专程到长安街的北京图书大厦，不巧已售罄。那几天，这书像恋人那样总在我心里萦绕，最后只好给北京大学出版社总编打电话。总编听我一番诉说，热情地说："马上给你寄去。"收到典雅、素朴的《四院沙滩未名湖》，好生感激，即在扉页上写下几行字："在军艺就读时，乐黛云老师给我们讲比较文学，近读《作家文摘》上连载此著中的数则，觉得情感真挚，所忆之人形象清现，尤其是《永恒的真诚——难忘废名先生》。五日去北京图书大厦，悉已脱销，后给北大出版社总编张黎明电话，今收他热忱寄赠，即回话致谢。学者散文，意韵悠长，可以读几遍。"落款"二〇〇八年九月十二日下午"。

我有个习惯，每当买到或收到惠赠的书籍，会在上面写几个字，或记下当时的感受，有的是日后阅读时追记。今年七月十五日，在姚祎的诗集上就记了这么一段话："五月的一日，我在义乌市志办一间办公室说

话，门口有位女子出现，人说是姚祎。姚祎的诗文，常在报纸杂志上与读者会面。我听故乡的文友说，姚祎是位才女，诗琴书画，样样拿得出手。她怀抱一书进屋，像怀抱亲生的婴儿。我们是头一回见面，话语间就将她的诗集送给了我。雅淡的封面亭亭玉立一支出污泥而不染的莲荷，一瓣粉红的郁馨，悠悠地弥散在粼粼的水波之上，朱红的方宋'一莲如舟'，镶嵌在淡淡的书面右上方，而扉页上的书名，却是一幅书法，与亭立的莲蓬相配，横竖是艺术的情趣。我猜，这恐怕出自作者的心语妙手。果然，人相处是缘，得人家诗作也是缘。姚祎抱着心爱的诗作，肯定是来惠赠朋友的，想不到在这里与我这个远方的故乡人碰上，于是，这部诗作就进入我的怀抱。时间过去两个月了，这缕缕清香依然飘荡在我的心间。"

这样的随意之笔，或长或短，皆是当时的真切感受。稍纵即逝的东西，记下就留住了。说不定哪一天，从书架上取下翻翻，又生出新的感觉、感受。这些文字与书籍，或许成为我一生的享用。

| 我的文学梦 |

翻过长满杨梅、毛竹的葱茂山岭，看到一片波光闪闪、浩瀚无垠的水域，班长说这是杭州湾，钱塘江水从这里通向大海。老兵说，日本鬼子过去打来时，在离这里不远的地方登陆，包抄上海，淞沪战役打得很激烈，有股日军经太湖的西南湖州、长兴、广德直插芜湖，从那方向包围当时国民政府的首都，参与了震惊中外的南京大屠杀。我们这些新兵听了觉得这个地方很重要，更加卖力气跟着他们施工、训练，部队一派生机。

那是一九六八年。我们的老团队正在如火如荼的援越抗美战场，他们是应越南党和政府的请求，于一九六五年下半年从这里开拔，与兄弟部队一道秘密进入越境的。老团队留下一个营作为骨干扩编，补充新兵，组建了我们这个团。我们入伍时，连队的骨干与越南战场昔日的战友、同乡书信往来频繁，虽要保密，守口如瓶，可老兵视"文革"开始后的第一批新兵如兄弟，严归严，一旦闲下来，婆婆妈妈似的体贴入微。从他们口中，不时吐露一些越南战场我军与美军特务、飞机周旋、作战的信息。越是神秘，越有吸引力。有时，我们拽着老兵上山，在游戏中让他们竹筒倒黄豆，说个够。我们是被那些战场上的老兵们的英勇机智和无畏精神深深吸引的。

有一天，班长又带我们翻越青翠的山岭，目光越过田畴，但见苍茫的杭州湾传来哗哗的声浪。班长说涨潮了。班长是个高个，壮实得像棵粗大的树，立在岗上，威武得很，有一览群山之势。连队卸水泥，他一人背四袋，踩着悠悠的船板跑下来。有次大伙嬉闹着比比，他两手各挟一袋二百斤的大米，一口气冲了一百多米送到伙房。在我的心目中，班长有威严。可这天，班长面对汹涌的大潮，殷殷地对我说："你是高中生，将来可不可以把我们老部队这些事，写成一本书？"

班长知道我的底细：一九六四年进高中，读了两年，"文化大革命"了，"复课闹革命"没复成，就从学校应征入伍。我的内心，并没在班务会、全连大会上说得那么崇高，而是思量着当两年兵再考大学，谁知那年代读书成为一种奢望，可班长希冀的目光始终在我眼前闪烁，他以兄长般的口吻对我说："好好干吧，在部队提个干，说不定哪一天真的把我们那些生死战友写进书里呢！"

班长的话，如一堆旺旺的柴火，燃起我的激情。那时我团运输连有位从苏北农村入伍的战士，开车之余，趴在驾驶室里写了长篇小说《车轮滚滚》，宣传股长看到他的才气，将他调进股当新闻干事。也就在这一九六九年，我悄悄地以全连指战员的名义写了一篇文章在地区报上发

表，指导员高兴得在全连大会上念了一遍，说我道出了大家的心里话。这一年我另写了一篇《和孚洋畔》，浙江日报转载时题目改为《和孚洋畔拥军歌》。不久，我当了排长、宣传干事，与那位写过长篇小说的干事朝夕相处了。

世事多变。"文革"时期文化荒芜，加之我在整整八年的宣传干事和基层连队主官的岗位上，忙于事务，没有更多的精力思考文学，真正勾起我文学的再度梦想，已是改革开放后的上世纪八十年代中期了。

那时我在北京的工程兵机关工作，在报纸杂志上发表了一些作品，悉得解放军艺术学院创办了文学系，首届学员李存葆、莫言等作家的作品在全国引起轰动效应，我想，如果能进去读点书，与这批活跃在当今文坛的军旅作家切磋创作感受，定会有新的感触，或许也能写出像样的东西来。第二届文学系学员报到时，我试探似的拿着已经发表的作品找到文学系主任王愿坚。他粗粗地看了看，说："你完全可以来文学系学习呀！"那时报考文学系，必须是作品先过关。我说："总参不让我报，说年龄偏大。"王主任说："现在报到的好几位学员年龄比你长。"具备报考条件，又失之交臂，心里别有一番滋味。我向他陈述了自己迫切想读书的愿望，他看我求学心切，缓缓地说："我是很想多招几个，培养我军的青年作家，可学院宿舍不够，没地方住。其他几个系也是这种情况。"他仿佛在思考，过了一会儿，诚恳地说："这样吧，我向院领导请示，增招几个走读生总可以吧，吃住都不用他们操心，只来听课、读书。"他看我情绪兴奋，好像特别关照似的加了一句："这里的课，大都是请全国最著名的学者、教授、作家讲，来不来学，大不一样！"巨大的诱惑啊！

他要我留下联系方式。

没过几天，我接到他热情的电话，说上学的事院里已经批准，可以来报到了。我感激万分，又生怕单位不同意，就请军艺正式通知总参政治部，又请政治部干部处的战友过两天我部部长出差时来通知。就这般，待我部部长出差回京，其他领导都已在通知上署批同意，部长在他的名字上画了一个圈，此时我悬着的心才放下来。多年在他们身边做秘书的我，终于有这个机会。心如一匹脱缰的马，顿时可以自由地奔驰在辽阔的原野上了。

在军艺就读期间，开始是每天早早地骑自行车去魏公村，听完课又急急忙忙地骑车赶回家来。后听老师劝告，课听多少是一回事，重要的是感受学院的这种氛围。是的，我每天来回赶路，没有更多的时间与同学交流，更无法与其他系的师生探讨，后决意想住校，从此情景有了较大的改观。文学系学员白天上课，晚上哪个都默默地写到深夜，这种浓烈的创作热情，深深地感染了我；与戏剧系、美术系、舞蹈系师生的创作交流，丰富拓宽了艺术视野，让我在文学的构建和语言的运用上，有了较快的提升。临近毕业写论文的时间，我抓紧采访、创作。那正是一九八九年的春夏，北京的大街小巷都卷入一场罕见的政治风潮，我躲在一处，静静地以文字对诺老班长的期待。追寻、梦想了二十年的《援越抗美实录》，终于一九九〇年六月面世。我捧着样书，像一位中年母亲捧着祈盼已久的新生婴儿，所有的幸福与阵痛交织在一起。新书上市，几个月内发行了三十万册，《南方日报》、香港《文汇报》、新加坡《联合晚报》相继连载，另有一些报纸杂志选载、摘载。我将凝结了多少战友心血的刚刚出版的书籍寄给我的老班长，可老班长对我说了那句期望我写本书的话不久，在一次坑道塌方中砸成重伤，永远地失去了光明。我想，当他收到当年那个新兵蛋子真写出了《援越抗美实录》，一定会叫他的子女念给他听的。听着听着，他兴许流下激动、混浊的热泪，喃喃地说道："这小子，没有食言！"

至今，我已经涂鸦了几百万文字。这些东西，有多大的价值？我说不清，只有让历史去验证了。但文学这条道，依然是我痴心的路。说到这里，我蓦地想起戴望舒《寻梦者》的诗句："梦会开出花来的，/梦会开出娇妍的花来的，/去求无价的珍宝吧……/你去攀九年的冰山吧，/你去航九

年的旱海吧，/然后你逢到那金色的贝……/把它在海水里养九年，/把它在天水里养九年，/然后，它在一个暗夜里开绽了……"

芝麻糖的记忆

　　冒着纷纷扬扬的雪花，我取回故乡朋友寄来的包裹，刚刚剪开，浓浓的芝麻糖的香味扑面而来，让人心醉。

　　对于芝麻糖的向往，由来已久。故乡那个镶嵌在山坞里的小村庄，每到腊月，大人们一次次的上市，购置年货。生活虽不富裕，但各家总是置办得有几分的热闹和喜气。小孩盼过年，玩得痛快，吃的更诱人。放在八仙桌上接待客人的有花生、瓜子，最要紧的是自家切的糖。腊月的后半月，我母亲叫我烧灶火，她在锅上铲炒稻谷，听得一两粒爆花，就举个竹笠盖上，一会儿就听到噼噼啪啪爆米花的声响，震得满屋喷香。一锅铲起，又爆一锅。我从灶火旁站起，抓把米花，噘起嘴吹去稻壳，白花花的米花倒入口中，脆脆的，一股沁人的美感直入心田。家境不同，准备切的糖也不一样，有米花糖、玉米糖、小米糖、花生糖，最为高档的就算芝麻糖了。

　　记得有年，我爹在溪滩边开出一块沙土地，种了十几垄芝麻。到年关，准备切芝麻糖。这是小山村最忙碌最充满活力的时节。那天，我爹请隔壁大叔切糖。大叔是个彪形壮汉，力道大，心却绣花般细，切糖是他的拿手好戏，每到这时，他都应接不暇。他说，本燮哥家夜里切。本燮是我爹的大名。大叔将切糖的工具一一放置在大板上，我忙着烧锅熬糖。在我的记忆中，这是我家头一回切芝麻糖，看上去我爹妈也显得格外的庄重。我爹给大叔递过一支烟，点上火。穷人家，切芝麻糖，该是芝麻开花，盼着节节高呢！

我妈将炒过筛好的芝麻倒入簸斗，又将炒过的少许花生放在旁边。糖锅架在门外，煎熬的红糖啪啪的，冒起紫红的泡泡，糖烟袅袅升起。为了增添黏稠，再放入一把麦芽糖。

"大叔，糖好了！"我叫道。大叔走过来，对着沸腾的糖锅吹了口气，眼一瞄，说："行！"我爹随即用两块旧布裹住锅把，将滚烫的糖水徐徐倒入簸盒，大叔手中的长竹筷，哗啦哗啦不停地搅拌。松散的芝麻、花生，在大叔的竹筷间调遣得团团旋转，香甜的气息，随着阵阵的哗啦声，飞扬起来。

大雪飘舞，小山村弥漫在茫茫的雪野之中，而在农家的老屋，热气腾腾的切糖情景，熔化着山民一年的辛劳。大叔将搅拌黏稠的芝麻花生倒入糖架，平铺开来，抓起滚筒嚓咔嚓咔地碾压，芝麻花生服服帖帖地平平躺卧，挤压得紧紧的，滚烫的糖水渗入其里，将它们密密地结成整体。

大叔把那浸透了无数家糖水的闪闪发亮的枣红色长方形木块，往糖架里一放，作为尺码，操起糖刀，先用刀背将木块往糖架边轻轻一敲，仿佛是种礼仪，又是丈量，右手紧握刀把，刀锋指点，嚓嚓地落下，刀刀触底。浑身涌动着无尽香气的芝麻花生，在大叔麻利的刀锋上，飞扬起更为浓醇的香甜来。

枣红色的木块——糖板，有规则的移动，糖刀随即跟进，恰到好处地切割成几条。糖架脱开，整齐的芝麻花生糖立在大板上。大叔端详，自言自语，仿佛又是赞赏："啧！色泽真纯！"他取过最近的一条，用两块糖板啪啪地四面拍拍，压平，左手扣住，右手持刀，嚓嚓地切成片状。我妈守在边上，第一条切出，就拿几片给我们这帮馋猫先尝，当然，她先递一片到大叔的嘴边，以示对他劳作的敬意。

切好的糖，一层层地放入几只齐胯高的陶罐，为防潮，再撒入一些米

花，盖严。待到正月初一，各家各户的鞭炮声响过，一盘盘的米花糖、小米糖、玉米糖、花生芝麻糖就端上桌，一方面待客，另一方面自尝。可我家那年切的芝麻糖，按我妈的吩咐，年前就分送几条给几家亲戚。她说，这年份，切芝麻糖的少，让他们品尝。亲戚来拜年，我们小孩也不敢上桌拿芝麻糖。我妈早有交代："芝麻糖给客人吃，你们小孩注意点。"等到正月初八，我妈才松口："客人都来过了，你们吃吧！"我们这群如狼似虎的孩子冲上去，各都抓了一把。

时光匆匆过去几十年了，现在的农家，每到这时，是不是依然沿用这种传统的切糖方式，我不晓得。至于如今的小孩，不用说芝麻糖，就连外国的各种糖果，几乎都尝遍了，而我这个从故乡的土地上走出来的人，最忆的仍是芝麻糖，那份渗入血肉的挥之不去的香甜，不知为什么，是那样的刻骨铭心，意味绵长。

第五辑

珍贵的

书简

|你是牙齿我是米|

端午节的前两天，妻子趁我午睡悄悄溜出门，冒着辣辣烫热的太阳买回一袋粽子。我数落她，非常时期，大院封闭管理，还擅自出去，一旦有事，我还不好向你妈交代呢！她脸晒得红红的，不争辩。

她惦女儿。女儿今年十九，大学一年级，"非典"闹得一个多月出不了校门，更不能回家。我们感激校方的管理，严是爱，松是害。中关村那条大街上有的大学的学生染上，整幢楼不得不隔离。疫情突如其来，霎时折腾得整个北京，乃至中国、世界不得安宁。

女儿原每周末回家，后脚还未跨进门就叫喊着我做红烧鱼，这是我的专利，她们说，到哪里都吃不到我做出的这等美味。一家三口边吃边叙家常，她说这星期上哪几门文学课、老师讲得怎么怎么的这类感受，一会儿又说某某同学在创作电视连续剧，某某写中篇小说，某某的散文在全国性散文比赛中获奖，或话锋又转："爸，这星期你有几笔稿费？"

还是她在读高中时，也是在这样的餐桌间，嘻嘻哈哈的说笑中，她提出对我稿费的分成。女儿说她分一成，妻子分二成，我脑子一转，有时一成也上千，不行。我故作大方："完全赞同全家分享。可有时一笔只有20元，按一成分，2块钱还买不了一根像样的冰棍。我每笔稿费给你10元，你妈20元？"女儿立马以胜利者的口吻敲定："君子之言！"她妈也乐了。我也提了要求："你有稿费，父母分一半。"她一年能有几笔稿费？！她自然立刻赞成。

以后，每次递给她我稿费的10块、20块份额时，她乐滋滋的脸庞像朵清晨初绽的鲜花，有时突然会从我的手中抢走一张："你肯定有隐瞒！"

这种温馨的游戏已经四十多天没重演了。

这些天，妻子念叨女儿。其实，妻子平时也烦她，放流行歌曲声音过响，一上网电话也打不进来。娘总归是娘。我说人家京外的同学放假才回家，在校什么都自己料理，不是很好吗？她能老在你的翅膀下待着？！妻子不回话。

妻子这次买的小粽子有几十个，都用细细的线精妙地捆扎着。红线、紫线、粉线、绿线，鲜艳斑斓，小巧玲珑。妻子解释：红线是腊肉粽，紫线是紫米粽，绿的是豆沙粽，粉的是八宝粽，让她们宿舍的同学都尝尝。

端午节的前一天，向机关要了一辆车，妻子说把粽子、西瓜、更换的夏装送到学校去，她还专炒了几个女儿爱吃的菜，装在瓶瓶罐罐里。快到学校时给儿女发了信息，等妻子到达，女儿老远就边叫边跑过来，仿佛要过来拥抱。可威严的门卫立即示意，学校有规定，门里门外相距三米，有红线相隔。妻子将装满东西的袋子一袋又一袋地递给门卫，门卫又一袋接一袋交给女儿和她的同学。

妻子站着，透过栅栏的校门，望着女儿拎着沉重的袋子几步一回首，直望到女儿消失在绿树成荫的学校通道拐弯处。

端午节早晨，我俩剥开碧绿的粽叶，赞赏清香的粽子，妻子的手机嘀嘀报响，妻子面露喜色，我想是女儿的，"说什么呢？"她慢慢念道："我是粽叶你是米，一层一层裹着你。你是牙齿我是米，香香甜甜黏住你。粽子里有多少米，代表我有多想你。记住给我发信息。"妻子笑出了妩媚，眼中闪烁着珍珠般的亮泽，这几句话语，深深地打动着妻子，也浸染了我的心。我想，这既表达了女儿的由衷，又道出了妻子内心的情感。妈妈和女儿，谁是粽叶，谁是米？

　　我要过妻子手机，正要体味一下其中的含义。我的手机又响起信号，哦，是千里之外的小弟发来的，端午时节，他们也一定在尝粽子。我小时，这天早晨，我妈总要拿两只热乎乎的粽子吩咐我带给老师。按下手机小键，清晰的汉字显出故乡的无限情思："粽子香，香厨房。艾叶香，香满堂。柳叶插在大门上，出门一看麦儿黄。这里端阳，那里端阳，处处都是好风光。"

　　我家乡没有"非典"。不是这场肆虐的"非典"，北京的春天多美好，几十年来绝无仅有的没有黄澄澄灰压压的沙尘暴。事物总有它的两面性，在一定条件下，坏事可以转化成好事。人们从混沌痛苦中惊醒过来，顿觉人与人之间，人与组织之间，人与动物之间，人与大自然之间，都在发生着根本性的变化……

　　谁是粽叶谁是米？谁是牙齿谁是米？

寂寞关陵

　　三国时期蜀国大将关羽的陵墓有两处，一处在洛阳郊外，叫关林，那里埋葬着他的首级；另处在湖北当阳，称关陵，是大将军的身躯所在。春夏之交的一天，地绿天蓝，阳光明丽，我有机会到关陵瞻仰，意想不到的是偌大的陵区，空荡荡的，游人仅我。

　　关陵，离将军马失前蹄的长坂坡不远，如是骑上当年他的那匹威风凛凛的赤兔马，也许不用半支烟工夫，就可报个信。可是，曾经追随他征战四方的飞扬骏马，在长坂坡被那东吴军队的八道绳索忽地扳倒，这位赤面美髯、挥舞青龙偃月刀的九尺大将，哗啦一声，犹如山体倒塌。山体倒塌，难以复再，大将军却悲壮地站立起来，被人押引在长坂坡上，五花捆绑的绳索蛇般缠绕，在野风中蛮横地吭哧作响。风拂美髯，赤面仰望蜀雁。从此，长坂坡这块小小的荒草野地，千年载承在青史演义的描述中，传颂在华夏民众的口碑里。

大将军仁义盖世，终被杀。他的魂灵悠悠地飞经附近的玉泉山时，仍强烈地呼喊："还我头来！"这叫声，被从河南镇国寺来此结茅修行的普净禅师听到，禅师劝诫开导："今将军为吕蒙所害，所呼'还我头来'，然则颜良、文丑、五关六将等众人之头，又将向谁索耶？"关羽恍然醒悟，皈依佛门。

玉泉寺建于隋文帝时。寺内树木葱翠，泉水清净，路旁有棵白果树，已一千二百八十年，苍老犹新；柳树，即枫扬，巍巍九棵，也都三百余年，那棵伟岸俊挺的松树，周身赤红，针叶华茂。"三白九柳一棵松"，成为将军皈依佛门显圣护民之地奇特的景观。我到玉泉山，听导游介绍，这棵巍峨的红松，于1971年的一天，突然间被响雷击倒，我心中顿生惋惜之情。可玉泉寺依然香火缭绕，游人如织，而红墙黄瓦、气势恢宏且有皇家气魄的关陵，虽近城市，却冷漠在旁。

原因何在？

我想，人们崇尚的是自然，追寻的是种精神吧。

进关陵门，不远处，石柱上有联：

夕阳丘首三分土，

古道江头一片碑。

对仗工整，笔力苍劲，可联中"丘""碑"二字没有上面那一撇。我伫立疑虑，阵阵清风拂面，飘来原野的花香，让我觉悟，书家真是别出心裁啊，它顺应了史实——将军无首。

大殿上方牌匾的"义尽仁至"四个大字格外醒目，这是将军人格精髓

的写照。在我国漫长的封建社会里，不但黎民百姓讲究这种为人处世的哲学，历代身穿龙袍的统治者也没忘却用这种仁义、忠诚的理念和精神，来维护国家的安宁与稳定，于是乎，我们清晰地看到，这位身穿彩色战袍、身后闪烁着青龙偃月刀的将军，身首分离后的身价地位随着历史的推延而节节攀升，关公、关云侯、关帝、关圣帝……泥塑的将军披着这顶红冠维系着人们的精神，统治者以这种精神维系着它的根本利益和社稷安危。

将军遁入佛门，想抛弃他的前身。

他的前身，大殿门口的楹联真切地作了概括：

生蒲州长解州战徐州镇荆州万古神州有赫；
兄玄德弟翼德擒庞德释孟德千秋智德无双。

但红尘滚滚，终究没让他的魂灵真正地安静下来。

陵园有七进，其中有座殿堂上有同治皇帝御笔题匾：威震华夏。皇帝的字怎样？难以评说。有的帝皇的字（根本谈不上书法）很糟，可他是皇上，当朝谄媚者众，即使不咋样，照样是一片喝彩，一片掌声。这种满堂的奉承、吹捧，更坚定了帝皇的胡乱涂鸦，于是，不咋样的字到处乱挂乱刻在殿堂上、名胜处，它不具备审美的艺术价值，只存有历史的价值，也许冲着这一点，后人才予以保留。

听说同治皇帝的这块书匾，"文革"时被当地一位村民悄悄搬回家当菜板。厚重的牌匾从此承受了一万刀、十万刀的咚咚切剁，它仍然静静地等候着一万刀十万刀的敲剁。乌云散去光复来，"文革"终于过去，关陵极需修缮开放，有关部门回头来收集这些陵园古物。可惜，关陵的匾额、楹联全已毁损，唯独这块牌匾，无意中留存下来。

几千年来，世事就这般无情地一幕幕地演变着，壮烈的、凄惨的、辉煌的、肮脏的、欢欣的、落魄的……

在劫难中，关陵留存的是殿和树。关陵的树，茂在陵墓四周，稀朗有致，粗细相间，高低得当。有棵古树，藤蔓盘缠其上，随长的根须深深地扎入树杆中，我走过去轻轻地抚摸，春风沙沙作响，树杆仿佛是片滋润的沃土，须入树中，天衣无隙。这棵树藤自明代生长至今，导游称"粗糠树"。我问是取"糟糠之妻不下堂"之意？小姐笑笑，打了个小趣。

这棵相拥相抱忠贞不渝的古树藤，已历经数百年，再悠久，它也无法耸入云端。它们沐浴天地之气，汲取自然精华，蓬蓬勃勃地生长到五十八年的某天，戛然一声，梢头断脱。它们在万般苦痛中挣扎，呼唤，但无济于事。它们选择沉默。在沉默中它们又旺旺地生长，依然如故。

关陵的树，长至五十八年均无首。

这是一种神奇的自然现象。

人们没有忘记，将军走麦城，长坂坡就擒被杀，时年五十八。

神奇的自然现象有时让人惊讶得不可思议。

人类对于自然界的认知，是多么的浮浅！在纷繁复杂的自然界面前，我们该是虔诚的普通学者，永远的学者。

从陵墓处寻向陵园东侧，那里有一亭。亭不高，内立有一块清同治年间当阳一位知县题写的石碑，上面刻的是一句关羽教子的家训。将军的家训，这里称之为圣帝垂训，言语朴实，意寓深长："读好书，说好话，办好事，做好人。"这句名训，不知影响了多少代人。据说，到了二十世纪六十年代，有位年轻的军人游历关陵，他认真地记下这句话，带回北京并报告给他的父亲。他的父亲琢磨良久，挥毫题词。这句题词后来风靡全国："读毛主席的书，听毛主席的话，照毛主席的指示办事，做毛主席的好战士。"身为军委副主席、共和国副总理兼国防部长的他，不久被选为中共中央副主席，并钦定为毛泽东主席的接班人。可几年后，也就是1971年9月13日的凌晨，这位题词者和他的老婆，还有他那位年轻的儿子，一同摔在了蒙古的温都尔汗。一时，几乎家喻户晓的那段题词，成为忌口，人们不再传诵它。

历史就这般戏剧性地行进着。

那一段延演在中华大地上的"文革"史，既轰轰烈烈，热热闹闹，又凄凄惨惨，悲悲切切。

走出关陵，阳光依然是那样的明媚，春风送暖，大地是一派蓬勃昂然的生机。我们知道，在长坂坡上马翻就擒的大将军的身前身后，世道更替，桑田沧海，好似没有持久地安宁过。

关陵寂静，仿佛是在期待。

我们期待，期待国泰民安、繁荣昌盛的新世纪的到来。

金阁山

燕山之北有座城，叫赤城。它没有赭红的城廓，也没有火红的繁闹，它是莲花瓣型山岭中的一个瓣。为什么叫赤城，没去考究，倒是境内有座金阁山，山中曾有道观，远近闻得它的大名。

塞外的山，大都刚烈。这种刚烈，不是外表上不长花草树木，主要是一种感觉，宛如它内藏熊熊的火焰，烤得通体向外扩张，随时可能爆出来。金阁山不同。我们过了几道山弯，蓦地看到大片茂盛的碧绿，苍润华滋。近处的大树直挺挺地撑着，挤着，金色的阳光辉映，蓬勃得颇有生机。潺潺的泉流，不知生发何处，似古老且清新的乐章，柔美在幽远之中。远处，崇山高耸，壁立千仞，裸露着刚健的躯体，巍巍然，怀抱着这片清泉茂林。

金阁山，是刚烈与柔美的和谐。

俏俊的谷底，垒砌的基石，散落的板石，有层次地铺展着，分明这座已沦为废墟的道观，原先具有的宏构，荒草遍地，人进去，呼啦呼啦扯衣，仿佛要向你诉说。当年数座壮阔恢宏的古代建筑，"文革"时被毁，拆得的殿柱、大梁，运往水库工地，许多古材劈为柴火，付之一炬。几尊残存的神像，由几块朽板覆盖，柴禾栏围，这是元、明代雕凿的精品，风吹雨淋，藏在深山没人识。我想，它是有灵性的，劫难之中仍几十年立在金阁的废墟中，是有神灵护佑。它就是神灵。它在期待。期待金阁修复、弘扬的那一天的灿烂清澈。

层层道观后的不远处，有泉，终年静流，滋润大地。这是醴泉，壮骨滋阴，清气流芳。泉前，一棵古松，抱余，红皮圆实，参天标新，直立立地七百余年独树一帜，只有顶部的枝叶舒展飘逸。这巍然兀立的"旗杆松"，一身的仙风道骨，浩然正气。

泉旁有一岩洞，洞不深，开凿于何年？不详。洞口上方，明万历己丑夏五月，有人刻就：长春洞了真处。当年协助成吉思汗远征的那位仙人邱处机，就在这处悟真修道？北京白云观中供奉的那位长春真人当年就在这处修行得道？洞口两侧刻有一联，也是明万历年间的笔迹：

觅真每恨千言少；
了妙方知一字多。

谁撰写？谁的笔墨？无处可问，无人晓答。其实，也没必要弄清，正如修行。修行为哪般？荣辱，名利，在大道中都化为无了。这副楹联，道出了求道觅真的奥秘，也表露了那位寻道者的心迹。只有寻道悟道有深切体验和感悟的人，才能撰写出这般渗透玄妙道理的对联来。

洞口内沿的四边有条槽。我想，邱处机当年是石门封洞盘坐其里的。十年面壁图破壁。我想象着他慈祥的面容，端坐的身姿，在洒脱的道袍中浩荡着混元之气，在恍恍惚惚中参悟真谛。洞外是一个世界，洞内又是一个世界，且是一个更为辽远广阔的天地。长春真人就在这个有限无限的天地里，静守一处，又遨游四方的。

守着自我，缓慢放松地踱入洞中。洞仅一人多高，丈余深宽，却天体宇宙都容在其内了。倏忽，我觉得这里仍然弥漫着当年邱仙的浓郁气息，天地的精华徐徐而来，汇聚在洞中闪烁着净明，不知不觉中，心胸烘烘发热，周身也渐渐地舒活起来……

有中不有为真有，无中不无曰真无。在洞中，我默立许久，许久也不想离去。

枯树茂叶

城市里，有好多大的机构。大机构就有大院落。大院落像养人那样，养了许多花草树木。

我所居住的大院，树木不少，还是园林式绿化单位。横横竖竖的道路两侧，白杨钻天，梧桐盖地。杨树春天白絮飘忽，数日里到处飞舞又不易清除，有关部门就有计划有批次地锯伐，以银杏替代。现第一茬的银杏，已绿叶招摇春风，欣欣然地张扬着，要不了几年，它会茁壮长盛，挺拔健壮起来。

世上的事物，相比较而呈现。树木对于花草，才显高俊；花草对于树木，才呈铺张。远近高低各不同，赤橙黄绿总相宜，这就是自然。自然就是一种美。

一段时间里，园工在树前植上藤萝，搭起水泥架，想让它绿得有层次，有韵致。意想不到的是，这藤萝不甘寂寞，不围于自己的藤架，而喜攀附大树，顺着杆儿渐渐地往上爬。人们倒是欣赏起它来，可不，绿莹莹的，比那粗糙褐黑的树皮，好看多了。在碧绿的华盖哗哗作响的大树上，有绿叶藤蔓在闪耀，不也为大树增添几分亮丽吗？在春风夏阳里，枝梢摇曳，树叶的哗哗声，与藤蔓叶的沙沙声，犹如一曲伴唱，响亮，清脆。

一日日，一年年，大树渐高，藤蔓也快速地向上蔓延。藤蔓的生长基因远远超越树木的活跃，柔软，有韧性，但没有骨头。它向上，向上，小小的头颅不停歇地探向上方……有一天，我看到了，狂扬的藤蔓一团团地挂在树梢上，那一个个细小的芽尖仍像一个个小小的头颅，在空中窥视，寻找更高的支点。风吹树摆，梢枝宛如秋千，沉沉的，疯狂的藤蔓令它难以喘息。被藤蔓围困的树叶，见不到阳光，透不过气，早早地枯黄飘零了，扶疏的几枝梢叶仿佛不堪负重，萎靡痛苦。不知何时，大树有了伤痕，树汁似无数痛苦的泪水，又掺杂着铁锈色的血浆，混混浊浊地默默流淌下来，一直淌到庞大粗犷如磐的树根。

日复一日，年复一年。在一个春天里，我发现这棵粗壮的大树终于没有长出只枝片叶来。厚实粗糙的树皮，也在风雨中一块块、一片片地驳落，而藤蔓仍在春风春雨中继续疯狂地滋长着，那一个个小小的头颅，已经探向两旁更加高大茂盛的树。

…………

一天，这棵原本高大如今已经枯萎的树，突然间倒塌了，繁茂的藤蔓无以依附，也哗哗啦啦天崩似的摆成了一座山，蔓枝断折，藤叶破败，狼藉一片。

不少人为之惋惜："多好的一树藤啊！"

没过几日，在一派散发着腐臭味的断藤烂蔓中，又有无数的小小的芽尖挣扎着探出头来，拼命地伸长着，它毫无声息地四处爬行，自己无法站立起来，触角又伸向了旁边的两棵大树。

"这是一种顽强向上的精神！"

有人反驳："它是靠人家向上爬的，它的欲望永无止境。"

仰观数年，心酸三秋。我为这棵大树的命运悲哀，为泯灭这个生命的配制悲哀。

送别巴金

2005年10月17日19时06分，一代文学巨匠巴金永远地离去了。

这则消息，我是当晚10时许在上海综合新闻中看到的，随即悲惜地告诉了家人。

巴金，原名李尧棠，字芾甘，1904年11月25日出生于成都，祖籍嘉兴。他是一位优秀文化的创造者，也是一位宝贵生命的创造者。

他著作等身，《激流三部曲》（《家》《春》《秋》）《爱情三部曲》（《雾》《雨》《电》）《火》《憩园》《第四病室》《寒夜》等小说、五卷本的《随想录》，还有大量的翻译作品，据说有1300多万字，博大浩瀚。1964年我上高中语文第一课时，就听老师说巴金曾给他们大学中文系讲课，一位大家尊崇的大作家，开讲时脸红红的，仿佛是不好意思。这是巴金给我的第一印象。我想，他该是一位不善言表、不事张扬、勤奋创作、关注生命、热爱他人的慈祥的文学前辈。后来，随着年龄增长、阅历的变化，我知道了巴金不但是位文学大家，而且是位杰出的翻译家、编辑出版家，在现当代，经他之手，培养和推举了一大批我国文坛的优秀人才。他是一位饱蕴温和善良之心的人，不论是他的青年时期，还是他的晚年。在上海电视的节目中，展现巴金长期支持希望工程的汇款单的长长的凭单，就是一个佐证。

在汇款单登记排列的长单中，我清晰地看到他的一长溜相同的汇款地址，这我才意识到，巴金的居地离这里（五原路）很近。这几日，我每天都两度走到他的门前，朴素的门闭着，偶有人员进出，绿树浓阴，拥抱素墙红瓦，几十年来，巴金就是在这个素朴的院子里，在这幢红瓦屋里生活、创作的。庭院静穆，我数次想敲门，以表我的崇敬、瞻仰之心，致以我的凭吊、怀念之情，但我又觉得，巴金还活着，他还在这个静静的院落里漫步，还在这淡雅的书房里写作，我又不忍打扰他。他是我们的前辈，我们的师长，他的时光比我们宝贵。每每举起手来，又徐缓地放下，我数度想走进他的心魂，却又觉路远遥望，一时追赶不及，可他已为我铺展了心路。现时，我仅是在他门前的徘徊中，感念他的真诚与伟大。

昨晚的电视告示市民，今天下午三时在龙华殡仪馆为巴金送行。我得悉，其实是两点，先安排各层领导和有关部门人员，广大读者是三点开始。家人说："要早点去，人一定多！"我十二点半出发，一点就到了殡仪馆的大门口。这时，人群已经聚集等待，警察成列，维护守卫，不让普通读者进入。我明白，向逝者的告别送行，如同上主席台，也是有三六九等的。这时的巴金，已经静卧在那里，在那里像往常那样静候着读者。高官是要保卫的，他的生命比一般人珍贵，普通读者可以拥挤。巴金他不会这样分。巴金曾说："在我的心灵有一个愿望：我愿每个人都有住房，每个口都有饱饭，每颗心都得到温暖。我要揩干每个人的眼泪，不让任何人落掉别人的一根头发。"巴老是大仁大爱，他对待每个人都是一样的。

我出示了红本本证件，警察便说："你先进去等。"里面已用绳线牵拉，划分路线，小批人员已经到达，大多背着、提着相机，是各地赶来的新闻记者。

不一会儿，人们陆续进来，这也算特殊待遇。来自巴金家乡成都的团队，由老人、老师、学生的代表组成，他们拉起一条横幅：巴老走好，家乡人民想念您！记者们蜂拥而上，拍照、采访。有的人举着与巴金合影的大幅照片镜框，有的举着"巴老，一路走好"的放大报纸剪贴，稚气未脱的小学生手捧鲜花走来，巍巍颤颤的白发长者拄着拐杖走来，轮椅上的老人怀里捧着玫瑰由年轻人推来……

有位约莫七十多岁的长者，高个，银发稀疏，面色红润饱满，着米色西装，浅条的白衬衣衬着湖蓝的领带，颇有几分气质。这时的记者，繁忙至极，挤拥着抢镜头。这位长者却独立静观。我上前与他闲聊，方知

他是从美国赶回。他说："我小时读过巴金的《家》等小说，受到很大的感染，大陆解放前，我初中毕业，后来去了美国。在美国，我还是想念巴金，找他的著作。我读了巴金的不少作品，他早期作品多，后期的《随想录》，他那颗真诚的心很感人。美国有海明威这样一批伟大的作家，中国的文化底蕴深厚，中国有像巴金这样一批伟大的作家。"他神情庄重，内心又透出几分自豪："巴金的作品影响着中国和世界上许许多多的人。文学作品的感染力、渗透力是很强的，它不分人种、国界。"是的，巴金那颗诚挚而温暖的心是为人类而跳动的。

我是二时许排队进入的。天气晴好，阳光淡红，道路两旁，翠碧的树丛前，排满了花圈，花圈上挂满了挽联。巴金生前喜爱的柴可夫斯基第六交响曲《悲怆》的音乐，深沉低回，悲悯无限，人们排着队，缓缓地向大厅移动。

殡仪馆门外和灵堂前，悬挂着黑底白字的横幅："为巴金先生送行"。灵堂墙上，是一幅十年前巴金在杭州西湖汪庄休养地拍摄的彩色照片，白发如霜，笑容自然灿烂，仿佛还在与广大的读者亲切交谈。

世纪老人，我们的巴金，安详地躺在火红的玫瑰之中，他还像往常那样，白色衬衫套件灰色毛衣，外着深蓝色西装，配条红色的领带，鼻梁上架着那副不知戴了多少年、看过多少书刊、记下了多少文字的眼镜，睿智的宽额仍然放射着明亮的光辉，博大的胸怀里跳跃着火一样的激情……在他的花床前，摆放着用101朵玫瑰编扎的"心"型，既寄寓了巴金生前无限的情趣，又寄托了他的子女的无尽思念，也代表了千千万热爱他敬仰他的读者的美好心愿。

送别的队伍，一排排地向巴金鞠躬，有的泣不成声。我向安详的巴金深深地致以诚挚的敬意，向"心灵中燃烧着希望之火"的巴金诀别。我们围绕鲜红的玫瑰映衬的巴金缓缓前行，像围绕着一团熊熊燃烧的火，感受着太阳般和煦的温暖，享受着永不泯灭的信念之光。

缓步出灵堂，在花圈簇拥如海、队伍缓进如龙的厅前，我俯首低冥，倏忽，一个清朗沉稳的声音，从天籁飘忽而来，这莫非是巴金老人向我独处的谕示……

　　我想起昨天，在巨鹿路仰赏上海作协举办的《怀念巴老》的图片手稿珍本展，展厅前也摆满了各界人士、各文学期刊、报社敬送的花篮，展厅中央端坐着巴老的铜像，两旁的楹联"巴山蜀水育方才，金笔巨书照玉寰"，道出了千千万万读者的心声。巴金的作品，如同他的人品，是会永远地铭记在人们的心里的。他，灵魂不灭，思想永生。在展厅的签到册上，我默默地写下："巴老，我们是咀嚼您和您那一代人的文字长大的，我们还会咀嚼您和您那一代人的文字走下去，文学是项神圣的事业。神圣即是永远。"

　　记得，巴金曾为人题写："我唯一的心愿是：化作泥土，留在人们温暖的脚印里。"我想，我们这些后来人，会踩着巴金温暖的脚印前行的，不管前面有多少风和雨。

|珍贵的书简|

　　网络通信如此快捷的今日，用书信方式传情达意，实在稀罕了。我这人笨拙，不会电脑，写作仍是一横一竖地在格纸上爬行。中国现代文学馆征集室主任刘屏多次对我说："你的文稿和信札，一定给我们！"

　　前日，陪南京《开卷》两位主编蔡玉洗、董宁文，拜访著名作家姜德明。待我们赶到人民日报社东南角院落时，远远地见他已在宿舍楼门口等候。他亲切和蔼地引我们上楼，入室就座，话题自然说起《开卷》。《开卷》高雅淡泊，书卷气浓，装帧也别致。他赞赏《开卷》。两位主编趁此说《开卷》将近百期，请他题词。先生今年七十有九，精神饱满，两眼熠熠发光，如同他的话语，闪动灵性，但前段时间不慎摔倒，右臂还绑挂着，无法题写。

　　宁文与先生熟悉，我是头次见面，但我拜读过他的散文，也早闻他是京城有名的藏书家。坐拥书城，满屋飘香。我不觉想起杨宪益先生在《二流堂旧人邀宴》中写给他的那首打油诗："太公稳坐钓鱼台，日拥书城不发财。难得出门吃烤鸭，只缘客自远方来。"我们落座的身后墙上，挂着唐弢上世纪七十年代"书赠德明同志"的"小诗"："燕市狂歌罢，相将入海王。好书难释手，穷落亦寻常。"旁有李可染的一帧国画，整幅画面，一头悠闲的牛，两个玩耍的牧童，情趣自然，其乐融融，留有较大空白，给人遐想。说到藏书，我们兴致颇浓地随先生串走几个房间，欣赏珍藏的一柜柜书籍。这些书籍，大多是现当代著名作家著作的第一版本，其中，已故著名作家的签名本不少，有茅盾的，老舍的，巴金的，孙犁的，等等。很自然聊起他们之间的书信来往。先生那时在人民日报社文艺部工作，与这批老作家联系频繁，书信收有几百封，现还未及整理。

此刻，我想起孙犁与冉淮舟。冉淮舟一九六一年南开大学中文系毕业，进《新港》编辑部。那时孙犁有病，需一助手。冉淮舟在大学时就著有《论孙犁的文学道路》，其文品人品，大家共识，领导自然想到他。他一面在编辑部编稿，一面协助孙犁收集、抄录、编辑、校正文稿。"文革"前就协助孙犁编辑出版了《津门小集》《风云初记》《文学短论》《文艺学习》《白洋淀之曲》和《旧篇新缀》等。在此期间，孙犁与冉淮舟鱼雁之情传为佳话。"文革"艰难的境况中，冉淮舟将孙犁给他的信和送他的书籍，藏到家乡爱人处。保定那时武斗厉害，他爱人不顾家中其他财物，背负这些书籍信件逃反，因过度劳累，以致流产。"文革"后，冉淮舟将完整保存的孙犁给他的一百二十七封信抄录成册，呈给孙犁。孙犁看到历经劫难、早以为化作灰烬的书信，惊讶不已，非常感动，即写了《幸存的信件序》。当我读到正式出版的《幸存的信件》和冉淮舟给孙犁的信件《津门书简》时，感慨万千。我想，姜德明与茅盾、巴金等这批已故著名作家的书信往来，其中一定有许多有意义有趣味的往事，如能记下，与他们的信札结集出版，可让我们真切地感受到他们可贵的文学观念，以及作家与作家、作家与编辑间那种深厚的情谊。

我说了孙犁配有助手的事，姜先生也许有所感触，叙述了一位作家书简的命运。这位作家身前保存一大堆的书信，家人整理时，作为废品处置。收废品者没多少文化，可有人慧眼识珠，选买了部分。剩余，价码越抬越高，每件六十元出售。收废品者觉得还有利可图，不卖了。听到这，我们感到丝丝的悲凉溢上心头。

书简，自古以来，都是作家作品的重要组成部分。它流露的情感更为坦诚，反映的心灵更为真挚，显现的文学活动、文学观念、文学感悟，真实、真切，其文学性、艺术性、史料性，均不可低估。

阳山问碑

　　南京去过多次，中山陵、灵谷寺、雨花台、莫愁湖，主要的名胜景点已游览多遍。金秋的十月，我又一次的到来，便寻思着看点什么。听说哪座山上弃有朱元璋的碑石，硕大得当年重修明孝陵时都弄不出来，我便问陪同。他说都是山路，车上不去。我说山路九曲，边走边看才有意思呢。他说那好，我们走！

　　那山叫阳山，离南京城三十余里，在汤山境内。车子一会儿就到，远远望去，山并不高，有碑则名。意想不到的是，路竟修到了山腰，那里已由一位温州商人修建了一座颇具规模的仿明文化村。村口有偌大的停车场，古色古香的村口有人收门票。跨进大门，屏风似的座碑上几个大字赫然涌入眼帘：天下第一碑。

　　好大的口气！何谓天下第一？我疑惑。

　　修建的几幢房屋、活动场所大都是带有商业性质，说是文化村，其实是借山上的这座碑石，打古文化的旗号，在做旅游经商为一体的生意罢了。话说回来，经他们这一番的修缮建造，倒真是吸引了不少游客，成群的男女老少，陆续地从谷底小道向山里寻觅而去。

　　我们也沿着这条弯弯曲曲的山间小道向山里缓行，路旁的灌木丛林绿黄相嵌，层层叠叠地向山上、向远处漫延，阳光和和暖暖，秋风轻轻吹来，满山的树叶闪动着五颜六色的光泽。大自然中的空气让这些花草树木充溢得格外的清新香醇，我们浸润在这鲜活的山野中，两脚自然生风，没多久，就见空谷间古老的采石场上岩山壁立。从会稽山中跌打出来的我，对这类山石，从来是见怪不怪的。

眺望青龙般的山岭，那一片片青松，那一丛丛灌木，似细细的汗毛，如绒绒的苔藓，复生在石坡上。我们继续上行，没一会儿，谷间有一巨大的磐石，巍巍地挡住去路。我们走近一瞧，小牌上标有红字：碑座，高12米，长29.5米，宽17米，重16250吨。这时，我才恍然醒悟，眼前这座巨石原来是朱元璋陵碑的底座。霎时，疑问涌上心头。这个疑问，待见到上方的碑额、碑身后，更加强烈起来。碑身似座城墙，我望去觉得它直立立地，却是侧卧在山体旁，重8799吨，碑额重 6118吨。如将碑座、碑身、碑额连接竖立，有78米之高，比现在北京天安门广场高高耸立的人民英雄纪念碑还要超出一倍多。这是600年前的人所为，那时的当权者，为何要花如此浩大的工程开凿这样一座巨碑呢？

看了有关的资料，我才知其中的一二。明开国时，朱元璋封长子朱标为太子，其他几位兄弟为驻各地之王。可太子朱标早逝（洪武三年），朱元璋立16岁的允炆为皇太孙。洪武三十一年（1398年），朱元璋驾崩，朱允炆即位。可他即位才三月，就听信文泰、黄子澄"削藩"的建议，废周王橚为庶人，迁居云南，后不到一年，又先后废珉王梗、执湘王柏、幽代王桂等几个叔父，这给燕王朱棣造成很大的威胁，他深感不安：不知哪时，这把利剑会架到我的头上。如其坐守待毙，不如先下手为强。于是，朱棣在允炆坐上皇位二年七个月的时候，打起"清君侧"的旗号，发动了"靖难之役"。历时四年的刀戈相见，朱棣赶走了允炆，夺取了皇位，年号为"永乐"。朱棣这人，在内政外交上还有一手，给明代产生了深远的影响，人所共知的派遣郑和七下西洋，组织编纂的《永乐大典》等，在中华民族的历史长河中至今仍璀璨地闪烁着。可聪明的朱棣在即位之初，为掩盖自己的非常手段，采取了一系列的补救措施，对父皇的恪尽孝道，就是重要的一招。当时，他首先扩建孝陵，并要在孝陵前立一座空前雄伟的"神功圣德碑"。碑材选自何处呢？人们自然想到从南北朝就开始开采营造宫廷陵寝的阳山采石场，神灵精气聚汇的阳山，果然是最佳的选择。永乐三年八月（1405年），朱棣下诏开凿阳山碑材。

于是，四面八方的能工巧匠汇集而来，叮叮当当的开凿声昼夜回荡在空谷翠岭间。劳工们每日的凿石任务繁重，酷暑严冬，一天也不能停歇。多少智慧聪颖的工匠，在皇家监工的鞭挞声中倒下了，而洪武皇帝的这块碑石，却在万千工匠的鲜血与汗水中渐渐地清晰起来，耸立起来。

清代诗人袁枚见之也不禁惊叹："碑如长剑青天倚，十万骆驼拉不起。"

如此庞大的碑石怎能下山，运到孝陵呢？

陪同告诉我，当年想借助下雪结冰，可雪化水薄，碑材没法滑下山。下山后有人向我解说，当年朱棣打算，一是开河道直通紫金山，让河道浅水成冰，用滚木滑到，或河道满水，水铺滚木，利用浮力滚动；二是修筑大道，沿途打井，借冬季泼水成冰，再铺滚木，人工牵引。我想，作为皇帝老爷的朱棣，他还操那份琐杂的闲心？这种种设想与打算，该是具体工程部门的差使。可繁多的书刊都将这份功劳记载在朱棣头上，让皇冠闪耀更加迷人的光芒。

历史却凝固在瞬间。这座顶天立地的碑材终究仍然联结在纵横的山体上，静静地躺卧着，历时六百年，数个朝代。

为什么？

凿迹斑斑的碑石，你能回答？

明文化村口墙上写有袁枚的《洪武大石碑歌》，书法不佳，却让我眼睛一亮。我对袁枚有一种情感，不因是曾同饮一江水共戴一片天，而是他的才学，他对锻字炼句的那份珍爱自爱。"爱好由来落笔难，一诗千改始心安。阿婆还是初笄女，头未梳成不许看。"这首简练的诗句，至今仍深切地感染着我。他在《碑歌》中概述关于碑的景况与当地民间的传说大体相仿：峨眉山的周颠仙，夜观天象，获悉东方百姓有难，就前来察看，惊讶打造碑石，劳民伤财，死伤无数。为解救苦难百姓，他依据阳山东留、西留、锁石、坟头、关桥等几个村名，留下一偈："东边有东流，西边有西流，东也留，西也留，中间锁石锁坟头，关桥一道关，碑材搬不走。要想搬碑材，除非山能走。"此语传到朱棣耳中，他不禁叹息：非我不搬，乃天意也！于是下令停工。

这玄妙的神话，也为朱棣作了一个圆满的注释。

据史载，朱棣下诏开凿碑材的当日，他就开始南北巡视。他觉得燕京是"龙兴之地"，意欲迁都北上，并大兴土木，扩建城池。新都滋长，已经呼之欲出了，扬子江旁、秦淮河畔的古城地位，紫金山下孝陵的重要性，自然跌落下来。有人说，随着他帝位的巩固，民心的顺畅，此时已无必要以建造恢宏的皇陵来掩饰自己。偌大的工程偃旗下马了，取而代之的是如今屹立在明孝陵前四方城内的那块相当于阳山碑材十分之一的"大明孝陵神功圣德碑"。

如果这一说法成立，那陵碑采与不采，树与不树，都是政治的图谋。

政治的图谋，常人是难以想象的。

可诗人有的是敏锐与激情，他望着这片巍峨的碑材，胸中燃烧着炽热的火焰："材大由来世牧收，此碑千载空悠悠。昭陵石马无能战，汉代铜仙泪不流。吁嗟乎，君不见项王拔，始皇鞭，山石何尝不可迁！威风一过如轻烟，唯有茅茨土阶三五尺，至今神功圣德高于天。"他畅怀的可正是百姓称道的不灭的真理。

中华民族历史悠久，传统文化亦深亦厚。"雁过留声，人过留名。"简要八字，成就了多少人，也苦累了多少人。我们的古人，是很善于树碑立传的，可立传者总是少数，浩瀚的人群，有几人载入史册？时势、文化的局限，立传又总是深深地熏染上那朝那代和那编撰者的色泽与印记。树碑却大不相同。山川沃野，殿堂台阁，到处有石碑的踪影，有的地方石碑如林，蔚为壮观。碑文也各具特色，有的洋洋洒洒，淋漓酣畅，有的寥寥数语，言简意赅，有的仅有姓名，有的竟然大碑无字……从皇帝宰相诸侯百官到百姓黎民，有条件的，没有条件创造条件，也要为人身后树块碑。树碑，仿佛成为人们尊重孝敬或纪念前人的传统做法。假如后人不为前人树碑，心灵上总结着一个大大的疙瘩。树碑，成为中华民族一种深深的情结，以至对某个人的评价，也以这样的口吻来表达："这人口碑很好！"当然，有的是通过树碑这种方式，记

载事件弘扬文化，想让宝贵的东西世世代代流传下去。

神州大地上，人为构建的，除了人类赖以生存和发展的房舍厂矿路道外，众多者，莫过于碑了。

碑，有如此崇高而又难以替代的地位？

自然界有天地、阴阳、起落、吐纳、生死。世上的万物，包括生灵，都没能逃脱不可逆转的法则。煌煌的碑石呢？你有纵然屹立的那一刻，难道没有忽然倒塌的那一时？

话扯远了，还是回到阳山碑材。这块准备申报世界吉尼斯纪录的碑材，人们游览观赏惊叹之余，还会有这样那样的追问。看来，山门外的那副对联是道出了一定的理：

> 石上有痕，已为前朝记功过；
>
> 碑中无字，留与后人论是非。

|狗　　事|

夏晚在门口纳凉，听人说在中央电视台的节目上看到有只狗拉着一位残疾老人上街，会避车，认得红绿灯，给这位不能行走的老人带来快乐，也给周围的人们带来欢笑。我平时少看电视，不是不喜欢，而是觉得上面功利的东西太多，障眼。依据这条线索，我查阅《中央电视报》，见到了这篇文章《"粉条"是只狗》。

　　故事讲的是四川自贡市的一位64岁的陈大爷，年轻时因病致残，儿子经常不在身边，妻子与他分开后他便独自生活，朋友们看他寂寞，就送了一只小狗给他作伴。粉条是陈大爷每餐必吃的主食，虽然很便宜，味道却不错，他吃什么都要给小狗吃什么，小狗吃"粉条"自然是常事，老人便亲切地称它"粉条"。"粉条"有次擅自离开陈大爷，被人当作野狗打昏在地，陈大爷发现后将它抱回，在怀里照料了四天四夜，"粉条"死里回生后再也不离开老人。白天作伴，夜间放哨。有回，在一段上坡路上，陈大爷的老式轮椅推得很费力，"粉条"突然冲了上去，用力拉车上了坡，从此，"粉条"就自觉地成了陈大爷拉车的角色。聪明的"粉条"很快学会了过马路，"遵守"交通规则，从不闯红灯，不逆行，还每天拉大爷上超市、逛公园，陈大爷从此不再寂寞。自贡的灯会全国闻名，每年举办一次。陈大爷从来都是仅在街坊邻里的描述中得到享受。一天，陈大爷在热心的余大爷陪同下，有"粉条"的鼎力协助，终于实现了梦寐以求的夙愿。生活充满着欢乐和梦想。如今的陈大爷正准备编写一本以"粉条"为主角的童话故事。

　　我是深深地被这个美丽的故事所感动的。狗通人性。人有善意，狗也

理解。人和狗同是这个星球上的生命。看到"粉条"不觉让我想起我老家的那条黑狗。我长期在外，我爹身边的那条黑狗何时起养已记不得了，农村养狗，主要是看家护院。我有次回家探亲，头次见到黑狗，它用疑惑的眼神审视我，没一会儿，它觉出我与家人的亲密，也同样对我亲昵起来，我每每外出，它总是人前马后地奔跑。第二年回去，在村口我意外地感到有狗突然扑过来，原来是黑狗，它快活地摇动着高高竖起的尾巴，像杆旗帜在飘动。"你还认识！"我感激地用脚蹭蹭它的皮毛，它在前面欢蹦着，引导我回家。

我对爹说起这狗。我爹说狗是最有义气的。他吧嗒吧嗒地抽着用小竹根自制的旱烟斗，徐徐地喷吐着已经胸腔窜游一番的缕缕白烟，慢慢地说起一件狗事：我们附近从前有家人在外做生意，有日他带着银子向诸暨方向的路上走去，那时没有汽车、火车，早年浦阳江的水浅，船也撑不得，到杭州全靠两只脚。他起了个老早，路上没有行人，只有家狗送行，走着走着，他觉得该在山路边拉泡屎，那是个山背，山这边是义乌，山那边就是诸暨了。拉完屎，他觉得轻松了许多，下坡脚步自然快捷了。不知到了什么时候什么地方，这人发现自己的银子袋不见了，头嗡的一下大了。赶快回头寻。他风风雨雨地一直寻到拉过屎的那个山背，已经是第三天，原以为送他远行的狗早已回家，这时还趴在不远的草丛上，叫了一声，没有回音。狗已经死了，意想不到的是狗肚子下是他的银袋子。这狗是一直为主人守候着这只丢失的银袋子的，可它没能活着盼到主人的回来。主人哭着抱起这只真挚的狗，泪水簌簌地洒在原野上。后来这人用这银子在这两县交界处的山上为这狗建了个墓，路旁盖起一座凉亭，亭楣刻上三个大字：狗义亭。

我真责怪这人粗心。我爹也没讲清楚这人是背着行李还是挑着什么起早贪黑赶往杭州的。怎么拉泡屎一袋银子就失在那里，走了那么长时间居然浑然不觉，引来这个悲剧呢？！这狗的悲剧阐释的，却是一幕赤胆忠心、舍生取义的响亮正剧。

前些天，我在《金华日报》上又见到一则义犬救主的事。我很感激故乡对我的厚爱，长期馈赠那里出版的报纸、杂志，让我这个游子能及时地了解故乡的变化，领略生我养我那方故土的温馨与芳香。报载8月4日凌晨，武义县大雨，雨水冲进桃溪镇一村民家院，主人仍在酣睡，不知危险即至，门外的狗急了，怕大水冲走主人，（开始肯定是先用爪扒门）就不断地用头敲撞门。主人酒后的沉睡导致又一悲剧的出现。待主人被吵醒，起来开门时，忠诚的狗已经头破血流，在奄奄一息中永远地闭上了双眼。这件事强烈地震撼着这农家的主人和周边的百姓，他们被这狗的忠义行为深深地感动着。

我真想为狗呼喊。人有德性，狗有道行。以上的几件狗事，让我对狗的感觉，与书上读过的不一样了。鲁迅先生的那篇说梁实秋是"丧家的""资本家的乏走狗"的文章，今天念之，也有别样的滋味。书毕竟是人为的，狗就在眼前。

|随风飘逝的话|

我羡慕那些滔滔不绝、口若悬河的演说家们。前几年尤为时兴演讲，好像专门有本关于口才与演讲的杂志。说话成了一门研究的学问。我们国家、军队的好多典型人物、模范英雄口头上颇有几分才气，一件事让他们讲出来，特别地动听，特别地感人肺腑。我到过大寨，听过陈永贵、郭凤莲说话，当时我就觉得他们了不起，那么能干，说出来那么惊天动地。后来我们部队组织模范事迹报告会，有的单位着意选普通话讲得抑扬顿挫，模样长得像年轻时的唐国强、巩俐那样的干部战士，至于他们的事例，宣

传干事自会帮助润色。他们是不是我们心目中的英雄另当别论，可在台上他们那有板有眼、自己也声泪俱下的介绍，着实感动了在场的听众。散场后，我突然有种感觉，中国人民解放军再也不会有像许世友那等模样那般性格的人当将军了，除非持久深重的战争再度落到炎黄子孙的头上。

我知道我不行。干归干，说不出多少话，人木，土音又重，更不会演戏，可在"来自五湖四海"的队伍里混久了，舌头也学着卷了，当个小军官，在人堆前有机会表现，基层连队讲个课，完了捧场的掌声还像回事，有时热烈得让我有点头晕，殊不知这是部队的礼貌与作风。有次我立了功，战友们忽悠我：这回你得上台给我们露露脸，把那些事抖抖，镇镇他们。我也跃跃欲试。后来领导找我：经过党委研究，让××介绍，他口齿清晰表达流畅，效果会好一些。部队要的不就是效果吗！我把这话传给战友们，他们大叫："狗屁！"

客观上，我能理解领导。讲不讲，对于我都一样。结婚后，我在妻子的口中才认识到我的土音的严重性。古越大地孕育出来的我这农家孩子，虽读了十几年书，出口的话语仍像会稽山那样邦邦硬。家乡的话属吴语系，但与钱塘江以北的吴语有着质的不同，一个刚硬，一个柔软。妻子生长在上海，普通话语音韵清纯，可我也是顽固，改口学练的几个词字，没几天，又回到老家普通人说的话音上去了。妻子有些不耐烦："跟你一块当兵的×××、×××，不也是浙江人，哪个不比你强，你怎么连个拼音也不会？"

拼音小时学过，声母、韵母也识，可连起来一拼，念出来往往还是我原来的读音，她又气又笑，一时无话可说。

妻子喜热闹。有段时间，她们这帮姐妹借节假日凑到一起，旅游，逛商店，到迪厅唱歌，打牌，AA制聚餐，也盛情地邀请几家男士参与。我常常回避。我觉得整块整块的时间那样消磨，不如在家看点书写几句话；另是我不像她们那样能说会道，也不如有的男士那样"有绅士风度"，在"你看看，像××那样，才叫男人"的话前，有点无地自容的感觉。连个"男人"都不称，还跟你们玩什么！虽是说笑，说到哪扯到哪，可有人管制似的第三只眼督着，不痛快。

有天，在餐桌旁与妻子面对面坐着，吃着，说着，突然她愣住，我觉得她没明白我的意思，又说了一遍，她还愣着。我说第三遍，她涨红脸，这时我才回过神来，是我说的两字音将她弄懵了。她数落我几句，最后说："你这人怎么这样！"

这话触动了我的自尊。以前我们常有"白牡丹对课"，此时我倒冷静。我说："你的普通话确比我好，也比我会说话，多少年后，五十年，一百年，你的话随风飘去，我的话留给了历史。"妻子好一会儿沉默，我也不再续话。

后来妻子对她的姐妹们说，我的这句话，对她震动很大。

这事过去两年了。上述这篇小文写就也快两年了。两年来，我也时常在想，我的那几本书，那些小文章，真能留给后世吗？

|一位未来文学家的纪念|

记得2011年7月16日上午，手机响起，接一短信："王老师，您现在忙吗？"

我自3月19日起，在邻院的一家小宾馆租了间房，搬走电视，拆了电话，执笔《千年守望》。少了家务，又躲过一些世俗往来，时至7月中旬，已写到第五章。西晒的阳光很烈，照得桌面和一堆书亮晃晃的，我是手写，光对着眼，刺得很，拉上窗帘，也觉得不是滋味，这样，我的写作最佳时光是上午。看了金小玲的信息，我即回话，"正在写长篇"，便把手机放下了。

一会儿，我还过神来，好几个月没联系，金小玲该放暑假了，有话想说。我用手机拨通，她却用座机回过来。她很细，每次电话都想省我的费用。熟悉的乡音，我明显听出她的兴奋。她说近来身体欠好，在妈妈家休息。我不好意思问一位年轻女子的病情，只是说了几句安慰的话。她说，给《枣林》一篇文章后没再写，导师也说让我先养好身体。

北京的16日、17日阵雨，18日清晨仍是泼落，雨滴打得屋外的棚顶哗哗地响。我坐在写字台旁，心还是放不下。上午8时许，电话打过去，聊了一会儿，这时悉得她是肺部毛病。我说乡下空气好，又有妈妈照顾，静养一段时间。她说，今天受凉，发点烧。听她的话音，说到后来，明显是有气无力的感觉。

前几年，我偶尔给故乡报纸的文学副刊寄点小稿，继而与编辑金小玲有了电话联系，得知她老家离我们那个会稽山南麓的小镇仅几里路。她浙江师范大学中文系硕士研究生毕业，后随军在大连晚报工作，爱人转业，她也回浙，在家乡的日报当记者、文学编辑。2007年6月20日，她给我来电话，说看了我的拙作《山野漫笔》，有多篇写家乡的，很亲切，而后问了我《援越抗美实录》创作和发表的过程，我叙述了一些，又说我以后会多写写家乡的想法。意想不到，六天后她传来一篇采访记《文学，性灵的约会》，对我的创作历程有溢美之词，但说的是事实，且文字灵动，这时，我觉得这位年轻的女编辑，文学功底还是厚实的。那年的10月下旬，我回老家，在报社见到了金小玲，小巧的个子，柔柔的声音，有点腼腆，寒暄几句后，话题自然落到创作上，从她闪动的眼神中，我看出了她对文学的挚爱。她说，在报社，事务占去不少时间，真正想文学的辰光少。她想静心读点书。我鼓励她，书读多少，文学就走多远，如果有机会，最好是系统的读读。她低着头说，是的，就看机会了。那天，在报社还见了另外几位文学朋友。

2008年6月下旬的一天，金小玲电话说报考浙江大学文学博士研究生，只差两三分落榜，心中不免感慨。放下电话，我给她发了短信："既然选择了远方，就风雨兼程。人生只有一次，信念坚定如山。梦是会开出花来的，美好的一切期待你。"从交谈和回复的短信中，她对来年的复考，抱有信心。

在这一年中，我从报刊上比较注意她的文章，还建议她该出集子了。她说整天忙，又要看书备考，恐怕来不及。我说那还是考博重要。

世上的事，真让人说不清。2009年考博，她竟然又是差几分而失之交臂。这时的她，心绪有些迷茫。从她电话的话语中，听出她想摆脱繁杂事务的困境与世俗的庸见，走上一条真正属于她自己的文学之路。这个理想，到了2010年初夏，她打电话告诉有了好兆头，我还多余地说，别麻痹，被人顶了。待接到正式录取通知书，心终于定下来。为此，我到人民文学出版社买了一套《孙犁全集》，准备回老家时送给她。中国只有一个孙犁，将自己一生所有文章，收入集子。

不是金小玲写过我就偏爱她，而是她对文学的感悟与灵性，在故乡那片土地上，我觉得是出类拔萃的一位，是很有希望成为文坛上的一颗新星，在璀璨的星空中闪烁光芒的。她就读文学博士研究课程中，很快

显现出众的学识与文字功力。开学不久，她撰写的《萧红：向死而生》寄给我。这是一篇研究萧红作品的评论，开头写道："是什么成就了萧红？我以为是'向死而生'的生命意识，这是萧红能在人生的苦杯里酿制出芬芳的酒的酵母。'向死而生'，即'生'是向着死亡的存在。生命是一天一天逼近死亡的旅程。唯有直面死亡，才能更为理性地审视生命的存在。萧红一生颠沛流离，情路坎坷，一场又一场的'生死劫'与形影相随。所有的苦和痛交集成丰厚的精神财富，推动萧红生命意识不断趋于成熟，也促使她的文学创作从稚嫩达致圆熟。"文章分为四节：代表作的透射，生与死的搏击，灵与肉的冲突，新与旧的博弈。

我是被她的文字与论述所吸引的，觉得有一定的分量，就推荐给一家双月刊杂志，于2010年第5期登载。我用特快专递寄给她爱人，她假日回家时打电话，话语间听出喜悦，说她刚刚考上初中的儿子，看到杂志封面上有妈妈文章的导读目录，抢过去先看。杂志主编欣赏她的见地与文采，嘱我，该作者有文章还可发来。紧接，她的《废墟上的思考》在第6期上又与读者见面。北京有家报社向我约稿，我首先推荐金小玲评论萧红的那篇，文章以近半个版面刊出，还接到编辑赞许的电话。我将这些告诉金小玲，希望她早点考虑毕业论文，将它写成一本书，同时分别在报纸杂志上发表。她说，现一方面要完成导师布置的研究学业，另一方面给本科生上课，自己又想写点东西，毕业论文会下点功夫的。我总觉得她的时间很紧，故，有事，估计她刚吃过晚饭时，用手机说几句，说完就完。

我投入长篇写作后，很少跟外界来往。7月中旬联系后，到了北风乍起、小雨连绵的初秋，我才想到，该问问小玲现在的境况。

那天夜晚，我给她手机电话，她说在杭州住院，由妈陪护。我心里咯噔一下，不是在农村老家清新的住所休养，怎么又住院了呢？话没说几句，电话中断。我估计她心情不好，即手机发去短信："好好养，静静养。你是我们的牵挂，你养好了我们大家都高兴。文学的路，长着呢！"她马上回复："我想再过几天就可以出院了我现在什么都不愿去想我寻求的是心静其实心是不静的正因为不静才在寻找吧。"

　　我正在手机上划字时，她又发来一条："有时我很悲观又很焦虑想到几个月来无所事事泪如泉涌无法遏制害母亲也是泪流不止。"

　　两条短信均无标点。我想，她的心绪并非从容，还是有很多结。病的治疗，很重要的是心疗。我在手机的亮板上又划动："不要悲观，不必焦虑，人生总是不平坦，谁也逃不脱。你这段的不平坦，过后就是阳光明媚了。微笑着迎接每一天。"

　　"你的鼓励让我充满信心我真的不必害怕的来者可追非常感谢您愿您一切如意。"

　　此时是2011年8月17日晚8时35分。

　　9月6日上午，她给我电话，传来的声音好似不在安静的病房。她说："住了一段，不但没治好，反而对心脏都有影响了。"她紧接说想换医院，问我北京解放军总医院可住吗？嘈杂中听不清她的话，又有接不上气的感觉。她说再给我电话。

　　此时此刻，我才觉得金小玲病情的严重，即回大院门诊部找主任和另位专家，一是请求联系解放军总医院，二是咨询这类病情的治疗。他们说，间隙性肺炎，用抗生素治疗，不解决实质性问题，到哪里都一样，最好是中西医结合。主任医生说："说不定，老中医的几贴中药就治好了！"

　　我赶紧给金小玲电话，接连几次，不是关机就是没信息。我很想把咨询的情况和正在联系医院的事告诉她。

　　9月8日，农历的节气是白露。北京已经感到秋日西风的凉意了。上午，我只好给她爱人打电话，回老家时我们两度会面。开始手机有信号，但很快又变为"等会再拨"。几次拨号，成"关机"了。我以为他在开会，待中午再拨，仍是关机。

　　我的心重了起来。下午5时许，再度给她爱人电话，手机里传来低沉、悲痛的声音："不好意思，小玲走了！"

　　我头脑"嗡"的一阵。"什么时候？"他说："今天，一下子，

几分钟……"我说："前天还跟我通话！"他说："本想转到上海或北京，可……"我一时无语，只是在手机里："唉，这、这……"

一天多，我心生疑端，但万万没想到，劫难会落在这么一位年轻且具才华的女子头上，会落在这么一位执着地做着文学美梦的金小玲身上。

一颗有着旺盛文学潜质的生动的心，突然停止了跳动。

一颗正在升起的文学新星，就这般陨落了……

放下手机，我靠在椅背上，许久。

几天里，我没有心思落笔《千年守望》，倒有写篇纪念文字的冲动，终因沉在痛惜之中，无法触动。

我认识小玲后联系并不从密，尚不知她有哪些优点，什么缺欠。几年来的偶尔电话与两三次的简短会面，交流不深，隐约间我觉得她对当今社会、世道的认知，有些单纯，对人生的某些拐点，有所遗憾，这或许因文学而生；对文学的感悟和孜孜追求，却让我另眼相看。正因为这些，在我的心中，就增添了对她的一份期盼与牵挂。现在，这份期盼与牵挂，倏地就不需要了，我不知用怎样的语言来表达我的心情。

转眼五个月过去了，雪花飘零，已是四九的寒天。明天是除夕，故乡的风俗，这天要拜坟烧香。小玲的亲人，这两天一定在念叨她活着时的一些事，小玲的文友们也会念及她的为人为文。作为身在远方的一位年长一点的文友，在这时刻，就以这篇小文作为对她的纪念了。

我不晓得人死后还有没有灵魂？倘若有，那小玲的灵魂，在冥冥之中想些什么呢？我想，她也在思念她的亲人和与她交往的文朋好友，可她最为执着的，一定是文学，瑰丽绚烂的文学。